만두 세개

국립중앙도서관 출판시도서목록(CIP)

만두 세 개 : 조순배 에세이 / 지은이: 조순배. -- 서울 :
선우미디어, 2014

　　p. ;　　cm

ISBN 978-89-5658-367-9 03810 : ₩10000

한국 현대 수필[韓國現代隨筆]

814.7-KDC5

895.745-DDC21　　　　　　　　　　　　　CIP2014011786

만두 세 개

1판 1쇄 발행　|　2014년 4월 10일

지은이　|　조순배
발행인　|　이선우
펴낸곳　|　도서출판 선우미디어

　　　　등록　|　1997. 8. 7 제300-1997-148호
　　　　110-070 서울시 종로구 새문안로3길 36 1435호(내수동 용비어천가)
　　　　☎ 2272-3351, 3352 팩스: 2272-5540
　　　　sunwoome@hanmail.net
　　　　Printed in Korea ⓒ 2014. 조순배

값 10,000원

※ 잘못된 책은 바꿔 드립니다.

※ 저자와의 협의하에 인지 생략합니다.

※ 이 도서의 국립중앙도서관 출판시도서목록(CIP)은 서지정보유통지원시스템
　 홈페이지(http://seoji.nl.go.kr)와
　 국가자료공동목록시스템(http://www.nl.go.kr/kolisnet)에서 이용하실 수 있습니다.
　 (CIP제어번호:2014011786)

ISBN 89-5658-367-9 03810

만두 세 개

조순배 수필집

선우미디어 sunwoomedia

작가의 말

중년여인의 묵은 이야기를 끄집어내 읽는다

그냥 묵혀 버릴까 하였으나
지나간 세월의 내 소중한 사람들
소중한 이야기, 소중한 추억이기에
한 권의 책으로 묶는다.

이 글을 쓰도록 한 땀 한 땀 수놓듯 가르쳐 주셨던 선생님과
그 시절 함께 했던 문우들에게 감사하며,
책을 내도록 용기를 주고 도와준
친구에게도 진심으로 감사한다.

2014년 사월
저자 조순배

| 차례 |

4 남편의 신바람

1

행복의 무게

아무도 바라봐 주지 않는 버려진 땅에
흰빛으로 피어난 너
깊이 고인 서러움
하얀 입김으로 품어 올려
들판을 물들인다
품어낼 수 없는 그리움
노란가슴에 안고
희디흰 날개를 퍼덕여 본다
향기조차 아끼는가
　　　- 본문 중에서

망초꽃을 꺾다

　어느 산중에서 세상과 타협하지 않고 참선(參禪)을 하며 살고 있다는 친구의 친구. 그분도, 그곳도 궁금하여 친구를 따라 나섰다.

　남원역에서 내린 우리는 지리산 쪽으로 향했다. 아스팔트길을 달리던 택시가 갑자기 방향을 틀더니 좁은 산길로 들어선다. 차는 몸을 흔들어대며 가파른 길로 오른다. 올라가던 차가 구불구불한 길을 내려갈 때는 멀미가 날 듯 속이 울렁거린다. 차가 다시 가파른 오르막길에 다다르자 기사가 더는 올라 갈 수 없다 한다. 산길에서 오락가락하는 비를 맞으며 숨을 고른다. 올려다보니 급경사진 길이 숲속에서 길을 감추었다. 가파른 고갯길을 천천히 두어 굽이를 도니 멀리 황토집이 보인다.

맨 처음 우리를 맞아주는 건 마당 아래에 투구를 쓰고 앉아있는 많은 항아리들이다. 들여다보니 검은 빛을 띠고 있는 된장들이 숨죽이고 있다. 된장도 참선을 하나보다 생각하고 있는데 주인이 내려와 우리를 반긴다. 웃으며 맞아주는 주인의 모습이 흘러넘치는 샘물 같다. 퍼내도 퍼내도 넘치는 그런 샘물. 환한 모습으로 웃는 인사가 전부다. 내 친구를 바라본다. 말없이 웃는다. 화장기 없는 맑은 얼굴의 그녀는 오랜만에 만난 친구를 특별하게 반가워하지도 않고 어제 만난 사람을 대하듯 한다. 갑자기 수수께끼를 푼 듯 머릿속이 환해진다. 이곳 주인과 친구는 서로 닮아 보인다. 산에서 사는 친구와 서울에서 사는 친구가 자주 만나지는 못하지만 오랜 시간 서로 변치 않는 정으로 지내다 보니 서로의 모습이 닮아졌나보다.

집 처마 밑에 통나무가 의자 대신 놓여있다. 통나무에 앉아 안주인이 내 온 솔잎차를 마시며 앞산을 바라본다. 비는 조금씩 속도를 내고, 검은 빛을 띤 산들은 골짜기마다 하얀 입김을 뿜어 올리고 있다. 산 그 너머 산. 산들이 겹겹이 어깨동무를 하고 세찬 빗속에 숨어들고 있다. 비가 많이 내리니 안으로 들어가라는 주인의 말에 방으로 들어선다.

황토 흙을 바른 벽들은 결대로 금이 가 있고, 진한 흙냄새가 코에 와 닿는다. 집안에는 텔레비전이나 거울, 가재도구 하나가 없다. 타임머신을 타고 추억여행을 온 듯한 기분이다. 흙냄새를 맡으며 밖을 내다보니 과일나무들이 비를 맞고 있다. 그 빛이 너무 고와 눈을 뗄 수가 없다.

비가 그친 뒤 뒷산으로 올라가본다. 언덕은 망초꽃으로 뒤덮여 있다. 주위가 온통 하얗다. 시간이 지나면 지고 말 꽃들인데 왜 그리 눈이 부신지. 그 빛이 서러워 보이고 안쓰러워 가까이 들여다본다. 다가오는 은은한 냄새.

아무도 바라봐 주지 않는 버려진 땅에
흰빛으로 피어난 너
깊이 고인 서러움
하얀 입김으로 품어 올려
들판을 물들인다
품어낼 수 없는 그리움
노란가슴에 안고
희디흰 날개를 퍼덕여 본다
향기조차 아끼는가

작은 소리로 중얼거려본다. 저녁 식사 뒤 불빛 한 점 없는 마당에 앉아 풀벌레소리와 새소리를 듣는다. 어둠뿐이다. 옆 사람의 움직임도 느낄 수 없다. 얼마의 시간이 흘렀는지 모르겠다. "차 한 잔 하실까요?" 하는 주인의 소리에 정신이 든다. 먼 여행에서 돌아 온 기분이다.

꾸미지 않은 방에는 몇 권의 책과 소박한 다탁이 놓여있다. 차를 우려 정성스럽게 따르는 손길에서 신비로운 무언가를 느낀다. 차의 부드럽고 따뜻한 맛에 취하며 묻고 대답하는 사이 삼경도 지났다. 많은 이야기를 나누었는데 주인 아들 이야기만 머리에 남는다. 아들 이야기를 할 때 주인의 표정은 환하게 빛났다. 금년 19세라는 주인 아들은 초등학교 때 스스로 학교를 자퇴하고 그때부터 지금까지 고집멸도(苦集滅道)*의 의미를 알려고 365일 면벽수련(面壁修鍊) 중이라 한다. 만난 적은 없지만 그 청년이 무척 걱정스럽다. 그러나 주인은 아들 자랑에 얼굴빛이 환해진다. 어쩌면 자신이 이루지 못한 꿈을 아들을 통해서 얻고자 하는지 모르겠다.

아침에 일어나니 비가 세차게 내린다. 통나무의자에 앉으니 내 몸에도 주위에도 안개가 흐른다. 구름 위에 떠있는 기분이다. 검은 빛을 띤 산들은 안개비에 싸여 묵연히 앉아있다. 망초꽃도 비를 맞으며 고개를 숙인 채 움직이지 않는다. 그들도 얼핏 보아도를 닦고 있는 듯하다. 빗속에 의연하게 서 있는 망초꽃. 가까이 할 수 없는 무게가 느껴진다. 몇 가지 꺾어 흔들어본다. 물방울을 튀기며 고개를 든다. 차갑지만 따뜻한 온기가 느껴진다.

쏟아지는 빗속에서 선방주인의 차를 타고 가파른 고갯길을 곡예하듯 내려 왔다. 산들이 쓰윽 물러난다. 미끄러지듯 달리는 차 속에서 멀어지는 지리산에게 마음으로 인사한다. 만난 적 없는 19세 청년의 모습이 걱정으로 남는다. 아니다. 내가 괜한 걱정을 하고 있는 것이다.

친구와 서울발 고속버스에 오르며 뒷산에서 꺾은 망초를 가방에 넣는다. 선방주인에 대한 생각도, 청년에 대한 생각도 머리에서 지운다. 그들은 나와는 먼 세계에서 살고 있다는 생각이 든다.

*고집멸도; 불교에서 말하는 4가지 진리
　고(苦)-생로병사의 괴로움, 집(集)-고의 원인이 되는 번뇌의 모임,
　멸(滅)-깨달은 해탈의 경지, 도(道)-그 해탈의 경계에 도달하는 수행

행복의 무게

오늘도 미사가 끝난 뒤 성당을 나선다. 성당을 가로지른 큰길로 들어서면 문방구, 작은 슈퍼, 자전거포, 꽃집 등을 지나게 된다. 그 다음으로 낡은 연립주택이 여러 동 있다. 햇볕도 들지 않는 구석진 곳, 연립주택 베란다 밖 한 모퉁이에, 작고 구부러진 목련 한 그루가 서있다. 나의 신앙심을 보는 것 같아 부끄러운 생각이 든다.

한 걸음 다가가 진실된 믿음을 갖든지, 한 걸음 물러서서 냉담하든지 해야 할 일이다. 한 걸음 나서지 못함은 마음의 준비가 되어있지 않음이요, 물러서지 못함은 현실을 이겨내지 못하고 나락으로 떨어질까 하는 두려움 때문이다.

계절은 이 나무를 비켜가지 않고 작지만 푸른 잎을 선사했다.

주님 보시기에 부족함이 많은 나이지만, 그래도 잊지 않고 기억해 주시는 것 같다. 잘 있으라는 말과 함께 나무를 두어 번 두드려 주고 돌아선다.

연립주택을 지나면 노인정이 나온다. 안에는 식당과 큰 방 두 개가 있다. 한쪽 방에는 할머니, 다른 방에는 할아버지들이 계신다. 마당에는 나무 몇 그루와 미끄럼틀, 그네, 긴 의자가 두어 개 놓여있다. 그네와 미끄럼틀에는 어린아이들이 매달려 있고 의자에는 노인 몇 분이 아이들을 물끄러미 바라보고 앉아있다.

터질 듯이 붉은 아이들의 뺨과 주름살로 뒤덮인 노인들의 뺨을 번갈아 본다. 생명의 피어남과 시듦을 한눈에 본다. 사람이 이 세상에 존재한다는 것도 잠깐인 것을. 의자에 앉아 어린아이들을 바라보는 노인과 내가 자리바꿈할 날도 멀지 않으리라.

시장 입구에 다다른다. 시장 귀퉁이 길가에서 할머니 한 분을 만난다. 조그마한 나무상자를 엎어놓고 그 위에 고구마, 감자, 파, 미나리, 도라지를 조금씩 놓고 장사를 한다. 이 앞을 지나려면 내 발걸음이 멈춰진다. 파는 시들어 있고 풋고추는 말라 있다. 그 좌판 앞을 그냥 지나치지 못하고 머무는 것은 비가 오나 눈이 오나 그 자리를 지키는 할머니에게 마음이 가기 때문이다.

"할머니 이 물건 모두 팔면 얼마나 되나요."

"잘 팔면 5만원이고 못 팔면 3만원이네."

오늘 하루만이라도 할머니를 편하게 해 드리고 싶다는 생각에 가지고 있는 돈을 속으로 계산해 본다. 할머니 다음 말이 계속된다.

"내가 돈 때문에 여기 나와 앉은 것이 아니라 심심해서 하는 거여, 집에 혼자 있으면 여기저기 자꾸 아프고."

이 말을 들으니 얼굴이 붉어진다. 주머니 더듬던 손을 멈춘다. 나무 상자 위에 놓여있는 시든 파와 풋고추 고구마를 조금씩 산다. 할머니는 물건을 내게 팔 때마다 그리 말하신다.

"고맙소, 이제 개시야."

말하며 돈에다 침을 뱉어 머리에 문지른다. 언젠가 왜 그러느냐고 물으니, 그래야 장사가 잘 된다고 했다. 비닐봉투에 담은 파와 고구마를 받아들고 다시 걷는다.

이제부터는 줄지어 있는 시장 가게 앞을 지나게 된다. 채소가게 아주머니는 뚱뚱하며 얼굴이 붉고, 어물전 아저씨는 작은 체구에 깡마르고, 정육점 총각은 젊고 미남이다. 그의 가게는 항상 여인들로 붐빈다. 손두부 집 젊은 부부는 아기 때문에 쩔쩔매고, 생선집 할머니는 칠순인데도 칼질이 정정하고, 순댓집 아주머니는 항상 싱글벙글이다. 눈을 감아도 그 사람들의 표정이 보이고 목소리가 들린다.

열심히 사는 젊은 부부를 지나칠 수 없어서 손두부를 한 모 사고, 아들이 좋아하는 떡볶이와 순대, 남편이 좋아하는 갈치, 식탁에 놓기 위한 꽃도 산다. 어느덧 내 손에는 올망졸망한 비닐 봉투가 여러 개 들린다.

문득 손에 들려있는 여러 개의 주머니가 행복의 무게로 느껴진다. 팔이 아파 오지만 무겁다는 느낌이 오지 않는다. 조금씩 얻은 행복의 보따리를 잃어버릴까 봐, 꼭 움켜쥐고 표현할 수 없는 기분이 되어 집으로 온다.

만두 세 개

겨울이 오면 나는 만두 가게 앞을 서성인다.

김이 모락모락 오르는 솥 앞에서 주인을 부를까, 안으로 들어갈까 망설인다. 지금은 계절에 관계없이 마음만 먹으면 먹을 수 있다. 가게에서 사 먹을 수도 있고 집에서 만들 수도 있다. 반달 같은 고기만두, 송편보다 예쁘고 작은 만두, 피자만두, 둥근만두, 찐만두, 군만두 모양도 내용물도 여러 가지다. 예전에는 주로 김치만두를 만들었다. 다른 계절보다 김장김치가 익어 가는 겨울철에 만두를 빚었다. 밀가루에 계란을 넣고 반죽하여 다듬이 방망이로 반반하게 밀어 주전자 뚜껑으로 둥글게 피를 찍었다. 거기에 숙주나물, 돼지고기 다진 것, 두부, 김치로 속을 넣었다.

설날이 가까워지면 가족이 둘러앉아 만두를 빚었다. 서로 만든 걸 비교하면서 웃었다. 떡국에 넣어서 끓여먹고, 뜨거운 물에 익혀 팬에 튀기기도 하고, 찜통에 쪄먹기도 했다. 남은 건 소쿠리에 담아 상하지 않게 빨랫줄에 걸어 놓았다. 지금은 거리거리마다 만두가게가 있고, 상점에 가면 만두를 입맛대로 살 수 있으며, 냉장고가 있어서 얼려 놓았다 먹을 수도 있다.

만두는 부유한 사람들의 먹을거리는 아니다. 주머니가 가벼운 이들에게 사랑받는 음식 중의 하나다. 화려하고 멋진 가게에 '만두' 라고 적혀있는 간판은 보지 못했다. 주로 재래시장 입구에 탁자 두어 개 의자 몇 개쯤 있는 작고 초라한 가게가 대부분이다. 가게 앞에 놓여있는 검은 솥에서는 구수하고 비릿한 냄새가 코를 벌름거리게 하며 군침을 돌게 한다. 거리에 나서면 잘 꾸며진 가게에 빵, 과자, 피자 그밖에 보기도 먹음직스러운 먹을거리들이 얼마나 많은가. 그런데 왜 나는 오늘도 만두집 앞을 그냥 지나치지 못하고 서성거릴까.

내가 열다섯 살 되는 겨울이었다. 그때의 겨울은 왜 그리 길었는지 모른다. 냇물도 꽁꽁 얼고 골목길에 내린 눈은 봄이 완연해질 때야 겨우 녹았다. 지금은 따뜻한 옷도 따뜻한 신발도 차고 넘치지만 60년대 후반 그 시절은 대부분 옷도 신발도 변변치 않았다. 학교에서 친구들과 집으로 돌아오는 길목에서 아버지를 만났다. 초라한 아버지 모습에 친구들이 볼까 두려워 옆 골목길로 숨었지만 이름을 부르셨다. 하는 수 없이 아버지를 따라갔다. 아버지 말은 곧 법이었으니까 따를 수밖에 없었다.

땅은 얼어서 미끄럽고 바닥이 얇은 운동화를 신은 발이 무척 시렸다. 건널목도 지나고 징검다리도 건넜다. 그러고도 한참을 걸은 뒤에 둑 옆에 있는 작은 만두집으로 들어갔다. 백열전구 하나가 켜 있는 어두컴컴한 가게 안에는 탁자 두 개와 의자 몇 개가 놓여있었다. 아버지는 만두 3개를 주문하셨다. 3개는 혼자 먹기도 부족하다는 생각을 하며 주인을 바라봤다. 아버지 나이로 보이는 주인아저씨는 2개를 더 얹어 5개를 갖다 주며 아버지와 같이 먹어야 한다고 하였다. 그러나 아버지는 물 한 잔을 청하여 마시고 내가 먹는 것만 바라보셨다.

아버지 기일이라 친정집에 갔다. 항상 잊지 못하던 만두집을 찾아보았다. 징검다리는 없어지고 그 자리에 큰 다리가 생겼다. 둑은 그대로이나 만두가게가 있던 자리는 페인트가게로 바뀌어 있었다. 가게 안에 들어가 예전 만두집 주인을 찾으니 모른다고 말하며 이상하다는 듯 나를 바라보았다. 마음 한 쪽에 빚으로 남아 있던 만두 2개 값을 돌려 줄, 아니 감사할 길이 없게 되었다. 좀 더 일찍 찾아 올 수도 있었으련만……

오늘도 나는 만두집 앞을 그냥 지나치지 못하고 돌아가신 지 16년이 지난 아버지를 생각한다. 그리움 때문인지 만두 다섯 개

때문인지 알 수는 없다. 어찌 아버지와 함께 한 추억이 이것뿐이겠는가. 그러나 다른 기억은 희미하다. 세월이 흐를수록 그날 아버지의 초라했던 모습과, 물 한 잔만 마시던 모습과, 그리고 만두 3개밖에 살수 없었던 아버지를 부끄러워한 내가 어제일인 듯 떠오른다. 나는 만두를 볼 때마다 아버지 생각에 가슴이 시리고 목이 메인다.

고목에 어깨 기댄
사내
피로에 젖은 눈가
고집스런 입매
연기로 피어오르는 담배
손가락에 얹히던 바삭거리는 슬픔
농부도 아니고 도시인도 아닌
삶
가난을
아버지의 탓으로 여겼던
어린 딸
고단하고 남루한 이야기
어깨에 매달린 수레의 무게

뒷모습에 내리던 노을빛

바래져가던 세월의 언어

그때의 아버지보다

더 많은 나이가 되어

그 나무 아래, 나는

속울음 삼킨다

　외출하여 돌아올 때마다 내 손에 들려있는 만두에 남편과 아이들은 어이없어 한다. "또 만두야? 엄마는 전생에 만두집 딸이었나봐." 하고 아들은 말한다.

머리핀 하나뿐이다

시티버스를 탄다. 버스 안을 둘러본다. 외국인이 여러 명이 있다. 두어 명이 한 팀이 되어 움직이기도 하지만 혼자인 사람도 있다. 남산타워 입구에서 내린다. 팔각정과 타워, 그리고 많은 나무도 보인다. 8월의 나무들은 푸를 대로 푸르다. 푸르다 못해 검다. 20대의 젊음이 느껴진다.

천천히 산책로를 따라 걷는다. 온갖 새소리에 귀가 멍하다. 어떤 새가 어느 목소리로 우는지 구별이 되지 않는다. 30분쯤 걸으니 약수터에 닿는다. 흐르는 물소리는 시원스럽게 들리는데 약수터는 텅 비어있다. 바가지로 물을 한 모금 마신다. 어느 회사 청량음료가 이보다 시원할까. 한 바가지 더 마신다. 다시 길을 따라 걷다가 남산 타워로 올라간다. 전망대를 한 바퀴 돌며 서울 시내를 바라본다. 전망대의 높이는 해발 480미터이며 모스크바 타워 다음으로 높은 탑이라고 한다. 저쪽은 인왕산, 이쪽은 관악산, 쌍둥이빌딩, 63빌딩 등 여러 곳을 내려다본다. 쾌청한 날에는 개성 송악산도 보인다고 한다.

버스를 다시 탄다. 남산골 한옥 마을에서 내린다. 문안에 들어서니 구성진 뱃노래가 흥겹다. 한 소절씩 따라 부르는 관광객들 모두 즐거워 보인다. 길을 따라 올라가니 작은 개울이 흐르고 개울 곁에 정자가 있다. 정자 위에 올라가 아래를 내려다보니, 작은 연못에 고기가 노닐고 연못 옆으로 소나무가 서 있다. 옛 선비들이 이런 정자에서 풍류를 즐기며 세월을 보내지 않았나 하는 생각을 한다.

띄엄띄엄 모양내어 서 있는 소나무도 만난다. 궁궐 뒤뜰을 걷는 기분이 든다. 기와집으로 한 마을을 이룬 마을에 들어선다. 조선시대 사대부들이 살았던 전통가옥을 옮겨와 복원해 놓았다. 정갈하게 닦아놓은 마루에 앉아 사랑채와 행랑채 부엌 광 안채 별채를 구경한다. 관람객들은 마루 위에 있는 다듬잇돌과 방망이를 보며 신기한 듯 두드려 보고 지나간다. 절굿공이도 뒤뜰 우물곁에 있고, 장독대에는 반짝반짝 윤나는 항아리들이 있다. 간장독에는 고추가 매달려 대롱거리고, 담을 타고 오른 박 넝쿨에서 작은 박이 고개를 내민다. 장독대에 앉아 어린 시절 간장 뜨러 다니던 기억을 해낸다. 간장 달이고 된장 거르는 일은 해마다 하는 일이었다.

　다시 버스를 타고 가다 창덕궁에서 내린다. 이 궁은 5개의 궁궐 중 가장 잘 보존되어 온 궁이며 유네스코 세계문화유산으로 지정된 곳이다. 문화재의 훼손을 막기 위해 시간마다 안내인의 인솔 아래 한 시간가량 구경할 수 있다. 돈화문 안에 들어간다. 이 문은 보물 383호다.

　높다란 용마루와 처마는 고고한 자태로 시공을 초월한 모습이고, 넓은 정원은 여백으로 남겨둔 그림을 보는 것 같다. 외국 사신을 접견하거나 궁중의 공식적인 행사가 있었다는 인정전. 우리나라에서 유일한 청기와 지붕이며 문무백관을 접견하고 직무를 행했다는 선정전. 용마루가 없는 궁이 있기에 물으니 대조전이라고 하며, 왕이 주무시는 침전이기에 용마루가 없다고 안내인은 설명한다. 허준 드라마에서 보았던 내의원도 밖에서 구경하고 다음 코스로 이동한다. 버섯코처럼 날렵한 용마루의 아름다움도, 정원 곳곳에 있던 연못과 정자의 아름다움도, 태자가 공부했다는 작은 궁도, 숲속에 안겨서 이름 모를 새소리와 매미소리에 휘감긴다.

　다시 버스에 오른다. 대학로에서 내린다. 젊은 사람들이 발 디딜 틈 없이 거리를 가득 메우고 있다. 노랑머리 빨강머리 옷 모양도 머리모양도 유별난 모습이다. 연극 포스터들이 이곳저곳에 붙어있고 커다란 개를 동원하여 연극 선전을 하는 젊은이도 보인다. 어디선가 경쾌한 피리 소리에 소리를 따라 가 보니 머리를 길게 기른 젊은이가 캐스터네츠와 피리를 들고 연주하고 있다. 한 곡이 끝날 때마다 관객들이 바구니에 돈을 넣는다. 이곳에서의 거리공연은 자주 있는 일인 듯하다. 물방울이 피부에 닿으면 튕겨질 듯 탱탱한 젊음이 가득 찬 젊은이의 거리. 나도 잠시 젊은이가 된다.

또 다시 버스를 탄다. 신라호텔 앞을 지난다. 이곳은 현대식 빌딩이 아닌 한옥이다. 궁궐의 용마루를 보는 듯 선 고운 처마를 바라본다. 안내양의 방송을 듣는다. 이 호텔의 가장 비싼 방값에 나는 놀란다. 며칠 뒤 이 세상과 이별한다면 한번 호사스럽게 자 보는 것도 괜찮지 않을까.

동대문시장이다. 시장사람들이 발을 구르고 손뼉을 치며 만 원, 오천 원 소리 높여 사람들을 부른다. 그들의 모습에서 활력의 소리를 듣는다. 악세서리, 가방, 신발, 옷, 이불 등 없는 것이 없다. 이것저것 만져보다가 겨우 머리핀 하나를 사들고 다시 차에 오른다.

인사동에서 내린다. 인도와 차도가 없는 곳이다. 거리엔 젊은이 나이든 이 외국인들이 뒤섞여 움직인다. 상가마다 색다른 물건을 진열해 놓고 있다. 옥반지, 구리 팔찌, 가면, 바가지, 유화, 묵화, 도자기, 부채, 다른 곳에서 볼 수 없는 옛 물건들이 거리를 고풍스럽게 만든다. 한국의 전통과 현대문화를 동시에 느낀다. 거리에는 관상가, 사주풀이가, 긴 머리 긴 수염을 늘어트린 도인, 두 손으로 하늘을 들고 있는 사람, 덕지덕지 기운 옷을 입은 스님, 색다른 거리에 색다른 사람들이 볼거리를 하나 더 보너스로 얹어 준다. 엿장수 가위소리도 낯설게 느껴지지 않는 곳. 이곳저곳 잠시 기웃거린다. 천상병 시인의 작품에 나오는 '귀천'이란 찻집에서 차 한 잔을 마시며 어디로 갈까 생각한다.

어둠이 거리를 덮는다. 시티버스 유리창으로 내다 본 서울은 활기차고 사람 사는 도시이다. 버스 표 한 장이면 하루를 즐겁게 보낼 수 있는 서울. 그러나 이 활기찬 도시에서 내가 가질 수 있는 것은 머리핀 하나뿐이다.

나는 이 도시를 사랑한다.

만 육천오백 원

주소와 이름 칸만 남기고 전부 인쇄된 편지, 그 빈칸에 주소와 이름만 손으로 쓴 편지가 소대장으로부터 왔다. 발송지가 강릉이다. 둘째 아들애가 훈련이 끝나 그곳으로 배치된 모양이다. 한 번도 가 본 적이 없는 곳. 겨울이면 몹시 춥고 눈도 많이 온다고 하던데, 걱정이 앞섰다.

오늘 아들에게 첫 면회를 간다. 기쁨을 두 배로 주기 위해 면회 간다는 연락을 하지 않았다. 버스에 오르는 순간부터 설레는 마음. 아들을 만난다는 기쁨은 다른 어느 것으로도 대신하지 못하리라.

얼마 전 손전화에 모르는 전화번호가 떴다. 전화를 받으니 처음 듣는 남자의 목소리다. 누구시냐 물으니, 아들 이름을 대며 그

부대의 상사라 했다. 순간 내 목소리는 높낮이를 잃고 떨렸다. "무슨 일인데요, 사곤가요?" 하고 물었다.

놀랄 수밖에 없었던 것은 큰아이가 군 복무 중 훈련을 받다 높은 곳에서 떨어져, 군 병원에 몇 달 동안 입원한 적이 있었기에 내 놀람이 컸다. "아닙니다. 아닙니다! 사고가 아니라 댁의 아드님께서 첫 월급을 집에 보내고 싶다고 하기에 전화 드리는 겁니다." 했다. 상사를 통하여 만 육천오백 원이 보내져왔다. 어미가 보기엔 안쓰럽도록 약해 보이는 아들이다. 훈련이나 제대로 따라 할 수 있을까. 군대에 보내놓고 날마다 걱정했는데 잘 있다는 소식만으로도 더할 수 없는 기쁨인데…. 어미 마음을 이렇게 흔들어 놓다니, 무슨 말로 내 마음을 표현해야 할지 생각나지 않았다.

아이들이 아주 어렸을 때 남편은 다니던 직장을 그만 두고 작은 회사를 시작했다. 처음에는 순조롭게 잘 되는 것 같았으나, 얼마 되지 않아 부도가 났다. 아이들을 부탁한다는 전화 한 통화에 미안하다는 말을 얹어 남기고 남편은 집에 들어오지 않았다. 그 뒤 집과 가재도구들은 채권자의 손에 처분되고, 나는 다섯 살, 아홉 살 두 아들과 함께 거리에 섰다. 하늘이 노랗게 보인다는 말뜻을 그날 알았다.

작은 도시, 보증금도 주지 못한 셋방으로 아이들과 이사를 했다. 갑자기 변한 환경에 나도 아이들도 우는 것조차 잊어버렸다.

큰아이는 학교에 가야 하니 다섯 살인 작은아이와 함께 아직 젊었던 나는 재래시장 귀퉁이에 섰다. 팔아서 준다고 사정하여 가지고 온 것들과 함께.

늦은 밤 집에 들어 와 보면, 윗목에 차려놓고 나간 밥상 위 밥그릇은 방바닥에서 굴러다녔고, 잠든 아이의 얼굴엔 눈물 자국이 비듬처럼 번들거렸다.

그래도 세월은 갔다. 이사했을 때는 여름이었는데 겨울이 와도 남편한테서는 소식이 없었다. 그해 겨울은 왜 그리 길고 추웠는지 모른다. 마음도 몸도 추웠다. 시멘트 블록으로 쌓아 만든 집이라 방에 앉아 있어도 손이 시렸다. 그 겨울 아이들과 나는 옷을 입은 채 잠을 잤다. 그래도 추웠다.

어미 옆에 앉아 있기가 싫은 아이는 가끔 시장 주변에서 놀았다. 어느 날 어두워 오는데도 아이가 보이지 않았다. 그날의 간절한 내 소망은 아들만 찾을 수 있다면 무슨 일이든 하겠다는 생각, 찾지 못하면 살아 갈 수 없으리라는 생각, 아들하고는 그 무엇과도 바꿀 수 없다는 생각을 했다. 다행히 아주 늦은 밤에 파출소에서 아들을 찾았다. 담배 두 갑을 파출소 의자 위에 놓고, 아이를 업고 나오면서 나는 가슴으로 울었다.

일 년 뒤 남편이 직장을 구해 우리는 서울로 돌아왔다. 어린 나이에 겪었던 일을 잊어버리지 못해서인지, 큰아이는 그렇지 않은데, 작은아이는 이재에 밝은 편이다. 가계부도 들여다보고, 냉장고도 열어보고 "필요한 만큼만 사셔요. 낭비니까요." 하는 소리를 곧잘 했다. "내 돈 내가 쓰는데 네가 무슨 참견이냐?"고 하면 "내 돈도 내 돈, 엄마 돈도 내 돈" 하며 웃었다. 따라서 웃긴 하였지만 조금은 걱정스럽기도 했다. 이런 아들이 보내 준 이등병의 첫 월급. 만지기도 아까운 소중한 돈. 그 무엇과도 바꿀 수 없는 아들의 마음을 가슴에 담았다.

면회실에 앉아 아들이 나오길 기다린다. 아들을 생각할 수 있는 것만으로도 가슴이 벅차다. 갑자기 더 빨리 보고 싶어지는 마음. 창 밖에서 누가 내 목을 끌어 다니는 것 같다. 앉아서 기다리지 못하고 면회실 문을 열고 밖으로 나선다. 아들이 보내준 만 육천오백 원이 든 지갑을 손에 꼭 쥐고.

무와 갈치

    집으로 가려면 시장 길과 찻길이 있는데 시장을 가로질러 가는 길이 빠르다. 그래서 시장 길로 자주 가곤 한다.

    무를 사러 시장에 갔다. 며칠 전 밥을 먹던 남편이 배추김치를 뒤적거리다 "전에는 깍두기도 잘 담더니." 하며 젓가락을 놓았다. 그 날의 일을 떠올리며 바쁜 걸음으로 채소가게 앞에 선다. 그런데 커다란 바구니에 몇 개 담겨 있는 무가 시들시들 말라가고 있다. 그냥 나오기 뭣하여 머뭇거리는데, 짐자전거에서 싱싱한 무 다발을 내려놓는다. "야 싱싱하다." 반가운 마음에 그렇게 말하니 주인도 그렇다고 한다. 무도 잎도 다시 밭으로 달려 갈 것처럼 싱싱한 것이 윤기가 흐른다. 세 개를 샀다. 무 한 개가 어찌나 큰지 레슬링선수 팔뚝만하다. 무거워 몇 번이나 쉬며 집으로 들고 왔다.

어린 시절 사립문만 나서면 온통 채소밭이었다. 갖가지 채소들이 들녘을 가득히 채웠다. 가지, 무, 배추, 오이, 상추, 쑥갓 등 가짓수도 많았다. 가지도 따고 오이도 따먹었지만 갈증이 날 때 무를 뽑아 한 입 베물었을 때의 시원함은 다른 것과 비교가 안 되었다. 책 두어 권과 달그락거리는 양철필통을 보자기에 싸 허리에 묶고 집으로 돌아올 때, 배도 고프고 갈증도 났다. 흙 위로 나온 푸른 무만을 뽑아 잎은 버리고 쓱쓱 소매부리에 닦아 밭둑에 앉아서 한 입 물었을 때의 그 맛. 매콤하면서 톡 쏘는 시원함. 밭에서 뽑아 금방 먹어보지 못한 사람은 알지 못하리라.

무잎은 잘라서 삶아놓고 커다란 무를 토막 내기 시작한다. 토막을 낼 때마다 칼날에 묻어나는 물기. 촉촉하게 맺히는 무즙을 바라보다 한 입 베어 문다. "이 맛이야!" CF 광고 대사가 입에서 저절로 나온다. 깍두기도 만들고 채김치도 만들어야지.

깍두기에 넣을 양념거리를 찾다가 냉장고 안에서 검은 비닐 봉투를 발견한다. 시들어진 무가 들어있다. 언제 사다 놓았을까? 기억도 나지 않는다. 남편이 봤으면 틀림없이 "그렇게 오래 놔두면 버리게 되지 않느냐?"고 한 마디 했을 것이다. 잘라보니 겉은 시들시들한데 속은 아직 바람이 들지 않았다. 더 늦기 전에 무국을 끓일까, 갈치를 한 마리 사다 무를 넣고 조림을 할까, 생각한다.

초등학교 저학년이었을 때다. 학교가 멀어 큰길을 지나 밭길 언덕길을 걸어야했다. 큰길엔 가끔 버스나 트럭이 지나갔고 그때마다 먼지가 뿌옇게 일어났다. 길가의 집 지붕과 장독대는 먼지가 두껍게 쌓였다. 고갯길에서 젊은 아줌마 둘이 누군가를 바라보며 웃고 있었다. 나는 그들이 가리키는 곳을 바라봤다. 아버지였다. 두루마기에 중절모를 쓴 아버지가 큰길 한 가운데를 쓸 듯이 걷고 계셨다. 두루마기 자락은 이쪽저쪽으로 깃발 날리듯 흔들며 길을 채우듯 걷고 계셨다. 손에는 갈치 한 묶음을 들고. 그 모습을 보고 나도 따라 웃고 말았다. 새끼로 묶은 갈치를 들고 온몸을 흔들고 걸으니 두루마기는 어찌될꼬.

댓돌에서 어머니는 갈치를 받으며 웃고 계셨다. 내가 걱정했던 두루마기 이야기는 한마디도 없다. 갈치 한 묶음으로도 당당했던 아버지와, 아버지를 바라보던 어머니의 표정은 내 유년의 흑백사진으로 머릿속에 남아있다.

어머니는 무를 큼직큼직하게 썰어 냄비에 깔고 그 위에 갈치를 넣고 조림을 하셨다. 좀 크다 싶은 무 조각에 갈치 맛이 배어 맛있었다. 그날 나는 옆집, 또 옆집 낮은 사립문으로 갈치 접시를 들고 드나들었다. 그때는 색다른 나물만 무쳐도 서로 나누어 먹었다.

가을이면 무를 살짝 말려서 쌀겨에 노란 물을 넣고 삼삼한 소금물에 담가 놓았다가 겨울내 꺼내먹고 무잎은 새끼로 엮어서 그늘에 걸어놓고 우거지 국으로 끓여먹었다. 지금은 병원에서 건강식품으로 환자에게 권하는 음식이다. 깍두기, 총각김치, 무말랭이, 무나물, 무밥…. 삶고 말리는데 따라 이름도 달라지는 무, 싱싱한 무 하나만 있으면 한 끼 찬 걱정은 없다.

깍두기와 채김치를 담았다. 그리고 비닐봉투에 들어있던 무를 손질하여 갈치 한 마리 사다 조림을 한다. 싱싱한 무보다는 맛이 덜하겠지만 정성을 들여서 끓인다. 맛을 보니 괜찮은 것 같다. 재료가 좀 부족해도 그것을 어떻게 요리하느냐에 따라 맛이 달라지지 않을까. 우리들이 살아가는 일도 그렇지 않을는지…. 밥그릇을 다 비우고 만족한 웃음을 흘릴 남편과 아이들 얼굴을 떠올린다.

다시 따른 술 한 잔

― 아버지의 여인

친정집으로 향하는 고속버스를 탔다. 달려왔다 물러나는 산과 들을 바라보며 나는 가슴 벅차한다.

둑길도 개울가도 세월이 오래 지났는데 예전 모습 그대로다. 둑 가에 서 있는 버드나무는 몸통이 굵어지고 가지가 많아졌을 뿐 눈에 띄게 달라져 보이지 않는다. 서둘러 산소로 향한다. 공원 묘역에는 많은 묘지가 새로 생기고 힘겹게 오르던 비탈길도 층계로 변해있다. 택시기사에게 기다려 줄 것을 부탁하고 층계를 오른다. 아버지 묘에는 풀이 많이 자라있다. 추석에 벌초를 했을 텐데. 손으로 뜯어보나 잘 뜯기지 않는다. 술을 한 잔 따라놓고 절을 한다.

아버지를 생각할 때마다 한 여인이 떠오른다. 흰 저고리에 검은 치마를 즐겨 입고 머리를 틀어 올렸던 여인. 그녀가 생각나면 나는 어린 시절을 더듬게 된다.

그녀를 처음 만난 것은 초등학교 일 학년 때인 것 같다. 어느 여름날 아버지는 낯선 여인과 함께 집에 오셨다. 우리에게 작은엄마라 불러야 된다고 하셨다. 우리는 눈만 크게 뜨고 그 여인을 바라봤다. 안방에 들어 온 그녀는 엄마에게 절을 하고 형님이라고 불렀다. 엄마보다 나이가 더 많아 보이는데 왜 형님이라고 할까. 이상하게 생각했다. 그렇게 한집에서 살기 시작한 몇 달 뒤 그녀와 함께 아버지는 어디론가 떠나셨다.

여름, 가을이 지나도록 집을 떠난 아버지는 편지 한 장 보내지 않으셨다. 아버지를 기다리는 엄마의 배는 점점 불렀다. 엄마는 친척들이 알려준 주소를 들고 아버지를 찾아 가셨다. 언니와 나는 숙부 댁에 맡기고, 젖먹이 동생은 등에 업고.

겨울이 깊어진 어느 날밤, 더 불러진 배를 안고 엄마가 돌아오셨다. 동네사람들이 볼까 부끄러워 고갯마루에서 밤이 되길 기다렸다고 하시며, 업고 갔던 어린 동생은 아버지가 사는 곳에 두고 왔다고 하셨다.

이튿날 새벽, 바쁘게 수런거리는 소리에 잠을 깨니 엄마는 아기를 낳으셨다. 여자동생을. 아기도 울고, 엄마도 울고, 그리고 아기를 받은 숙모도 울고 나도 따라 울었다. 그렇게 겨울은 지나갔다. 어느 봄날 아버지가 그녀와 함께 집에 돌아오셨다. 엄마가 두고 온 동생을 데리고. 그 날부터 아버지는 그녀의 집과 우리 집을 오고 가며 사셨다. 그녀는 집에 와 궂은일도 맡아서 하고, 우리에게도 잘해 주었다. 그렇게 살아가던 그녀는 어느 날 우리 곁을 떠났다. 떠나면서 섧게 울더라는 이야기를 풍문으로 들었다.

그리고 몇 년의 세월이 흘렀다. 그녀가 다시 찾아왔다.

"형님이 보고 싶어서 왔어요" 했다. 엄마는

"살기는 어떤가" 하며 반가워하셨다.

"밖에 나가서 아버지 오시라고 해라." 내게 말하셨다.

그 뒤로 일 년에 서너 번씩 집에 왔다. 그렇게 살아가는 그녀를 보며 '왜 그렇게 살까?' 그리 생각한 적이 한두 번이 아니었다. 그녀 때문에 눈물도 많이 흘렸던 엄마가 왜 그녀를 받아 주는지 알 수 없었고, 그녀가 올 때마다 아버지를 불러다 주는 엄마는 더 이해가 되지 않았다. 꼭 피할 수 없는 인연으로 만난 사람들이 아닌가 하는 생각이 들었다. 그렇게 또 세월은 흘렀다.

일흔이 되는 어느 날 아버지는 사고로 세상을 뜨셨다. 영안실에서 엄마는 그녀에게 소식을 전하라고 하셨다. 싫다고 하니 꼭 해야 한다고 못 박듯 말하셨다. 전화 받는 그녀는 말을 잇지 못하는 것 같더니 더 이상 소리가 들려오지 않았다. 장례식 날까지 그녀의 모습은 볼 수 없었다. '꼭 올 사람인데' 엄마는 문 쪽을 자주 바라보셨다. '참 마음이 고운 여자였는데' 들릴 듯 말 듯 말씀하셨다. 평소에 말이 없는 엄마의 마음을 잘 알 수 없지만, 한 지아비를 섬긴 여인으로 그녀도 자신도 가엾게 여기신 걸까?

살아 온 날이 남은 날보다 많아진 나는 지금에야 그때의 엄마 마음을 조금은 알 수 있을 것 같다.

택시의 경적소리가 들린다. 옛 생각에서 벗어나 아버지의 묘를 다시 한 번 바라보며, 생전의 아버지 모습을 떠올린다. 그녀의 모습도 함께. 좀전에 아버지께 따라 올렸던 술을 묘 앞에 붓고, 한 잔을 다시 따른다. 이번 술은 아마도 그녀를 향한 술잔인 듯싶다. 내 맘 나도 모르겠다. 살아 있는지, 혹은 이승을 떠났는지 알지 못하는 그녀에게 왜 한 잔의 술을 건네고 싶었는지. 아마도 세월 탓이리라…….

아, 내 복권

친구와 약속이 있어 버스를 기다리는데, 정류소 앞 복권가게에 현수막이 펄럭인다. 무심코 바라보다 깜짝 놀란다. "로또복권 1등 당첨"이라고 쓰여 있다. 2년 넘게 자주 다니다 최근에 발길을 끊은 복권가게이다.

친구를 만나 하소연하듯 말한다. 자주 다니던 복권가게에서 1등 당첨자가 나왔다는 이야기. 복권은 아무나 당첨되는 게 아니라며 그만 사라고 말린 아들만 아니면 그 1등이 내 것이었을지도 모른다고.

듣고 있던 친구는 어이없다는 표정으로 그렇게 억울하면 지금부터라도 다시 사라고 하면서, 당첨되면 뭘 할는지 궁금하다고 한다. 내가 복권을 사야 할 이유를 말하면 제 정신이 아니라고 할까봐 망설이는데, 물음이 빗발친다.

작은 어촌에 천막을 치고 미사를 드리는 어려운 신자들이 있다는 사연과, 그곳에 성당을 짓기 위하여 내가 다니는 본당에, 어촌에 있는 신부가 물건을 가지고 와 도움을 청하던 이야기를 해 준다.

"그 어촌에 성당을 지어 드리고 싶어."

"그리고 또 없어?"

"또 있는데…."

'뉴디아의 집'이라는 시각장애인양로원과 그곳 원장의 간절한 소원을 친구에게 말한다. 장애인들을 편히 모실 수 있는 시설을 짓고 싶어. 그 한 가지 소원만 삼십 년을 기도하며 살았다는 원장의 말. 지금은 땅도 준비되고 정부의 허가도 났는데 돈이 없어 건물을 짓지 못하는 사연도 들려준다. "그들에게 도움이 되고 싶어." 친구는 기가 차다는 표정으로 "더 없니?" 한다.

"아니 또 있어."

가끔 간병하러 가는 병원에 첨단의료기가 부족하여 큰 병원에 암환자들이 다녀오는데 그때마다 힘들어하던 환자들 모습을 설명하며 "그 병원에 의료기도 한 대 사 주고 싶어." 하니 "소설 쓰네." 하며 더 이상 내 말을 들으려 하지 않는다.

나는 친구의 손을 잡으며 "당첨되면 네겐 뭐 해 줄까?" 물으니 소리 내서 웃더니 "나는 괜찮으니 너 하고 싶은 것 다 해라" 한다. 한 번 더 "너한테도 뭔가 하나 꼭 해 주고 싶은데" 하니, 코 막히는 소리 그만 하라 하며 콧방귀도 뀌지 않는다. "그럼 밥을 한번 살게. 영화에서 보면 작은 망치로 톡톡 두드려서 먹는 바닷가제 요리 그것 안 먹어봤지?" 하고 묻자 대꾸도 않는다. "너나 나나 집 한 채 장만하고 아이들 키우고 그렇게 사는 소시민인데 그런 고급 식당에 가 보았을 리 없지." 하고 말하자, 씩 웃더니 "그럼 복권에 꼭 당첨되거라. 네가 사 주는 바닷가재 한번 먹어 보게."

"그런데 너 복권 사기나 했니?"

"아니 아직⋯. 집에 들어가면서 사려고⋯."

친구는 다시 한 번 크게 웃더니 커다란 목소리로 "나 망치질하는 밥 먹지 않을 테니, 그 돈으로 오천 원짜리 냉면이나 한 그릇 사 다오."

시원하게 냉면을 먹는다.

아! 내 복권! 목으로 넘어가는 로또의 미련이여!

흰 눈 속으로

밤새 눈이 내렸다.

겨울 산이 보고 싶어 어둠이 가시지 않은 새벽에 집을 나선다. 충남 예산에 있는 수덕사엘 가려고. 추운 날씨와 얼어붙은 땅, 눈 때문인지 별로 차가 보이지 않는다. 버스 안을 둘러 봐도 몇 사람 타고 있지 않다. 눈은 계속 내린다. 산과 들에 하얗게 쌓이는 눈. 차창 밖으로 보이는 모든 것들은 다 하얗다.

수덕사 입구에서 내린다. 절을 향해 가는 길목엔 이른 아침이어서인지 사람들의 발자국 하나 없다. 앞을 보고 걷다가 뒤돌아 걸으며 눈 위에 찍힌 내 발자국을 바라본다. 눈이 녹으면 없어질 발자국. 내가 살아 온 삶의 흔적도 이와 같지 않을까.

눈꽃 핀 나뭇가지 위에서 이름 모를 산새가 울고, 그 소리에 내 귀가 열린다. 흰빛에 주위가 밝아 보이고 내 눈도 밝아진다. 이곳은 소나무가 유별나게 많다. 초록 위에 얹힌 흰 눈이 신비롭다. 고목의 둥치도 하얗고, 나뭇가지도 하얗다. 가지마다 피어나는 흰 꽃. 잠시 피었다가 지는 꽃이기에 안타까운 꽃. 꽃 중에 가장 아름다운 꽃은 눈꽃이 아닐까. 눈이 없다면 이 겨울은 더 길고 춥게 느껴지리라.

일주문 앞 매표소엔 직원의 모습이 보이지 않는다. 아직 출근 전인가? 대웅전으로 오르는 계단에도 대웅전 지붕에도 그리고 삼층 석탑에도 흰 눈이 소복하다. 절 마당에는 눈 치우기가 한창이다. 어린 스님, 나이 든 스님, 여러 스님들의 비질소리와 웃음소리가 절 안을 맴돈다. '아! 스님들의 웃음소리도 우리네와 같구나.' 나도 따라 웃으며 그들을 바라본다.

마당에서 빛나던 흰빛이 스님들의 비질에 점점 걷혀지고, 절과 함께 세월을 보낸 듯한 고목의 밑둥치가 눈더미에 파묻혀 간다. 처마에선 고드름이 주렁주렁 거꾸로 자라고, 눈 덮인 용마루는 하늘과 더 가깝다. 담장과 지붕 그리고 고목의 가지들. 그 위에 수북이 쌓인 눈에 나는 금방 가슴이 따뜻해온다. 처마에 매달린 풍경. 스치듯 불어오는 바람에 풍경소리가 눈과 함께 절 뜰에 내려앉는다.

절을 내려오다 일엽 스님이 기거했던 환희대에 들어가 본다.

쓸지 않은 마당은 흰 눈으로 덮여있고 오래된 고목에도 눈꽃이 한창이다. 목사의 딸로 태어나 불자가 된 김일엽 스님의 이야기를 수덕사에 와서도 모르는 사람이 있으리라. 그분이 쓴『청춘을 불사르고』를 읽고 그분을 생각한 적도 있었다. 스님이 생활하던 곳엔 일반인은 들어올 수 없다고 어린 스님이 막는다. 일엽 스님은 맑은 자연 속에서 열꽃 같았던 청춘을 다 삭혔을까. 장독대에 쌓인 눈을 바라보며 아쉬운 마음을 뜰에 남긴다.

마주 본 스님이나, 스쳐 지나치는 스님이나 표정이 편안해서 나이를 가늠할 수 없다. 그들의 표정이 맑아 세월이 그들을 그냥 지나가나 보다. 바람과 구름 그리고 나무와 함께 살아가기에 그럴까, 불심 때문일까. 세상사 잊어버리면 그들의 표정과 같아질 수 있을까. 흰색으로 칠해진 눈의 세계가 그들의 표정과 닮았다.

등산로를 따라 걷는다. 발목까지 빠지는 눈, 발목을 적시며 걸어도 추운지 모르겠다. 하얗게 펼쳐진 눈의 나라. 나무마다 피어난 눈꽃. 눈길에서 만나는 사람마다 '안녕하십니까?'를 주고받는 목소리가 행복해 보이고 즐거워 보인다. 그들의 모습과 흰 눈은 나에게 웃음을 머금게 한다. 행복의 모습은 어떻게 생겼을까 크기는, 그리고 색깔은…. 잠시 나를 잊을 수 있는 이 순간이 행복한 때가 아닐까. 눈 쌓인 숲이 행복의 비밀로 가득 차 있다.

개울은 거울처럼

오랜만에 무궁화호 열차를 탔다. 평소 친하게 오가던 동네 할머니가 입원을 하셨기에 문병을 하기 위해서다. 창가에 자리한 나는 창밖을 내다본다. 정리가 되지 않은 작은 논바닥은, 들쑥날쑥 편한 대로 둑이 둘러있고, 들녘은 진노랑과 연노랑 초록이 곁들인 노란색으로 온통 수놓여 있다. 구름 한 점 없이 청색인 하늘빛과 조화를 이루니 이 아름다움을 누구랑 더 이야기할까.

내 마음은 어느새 들녘에서 뛰어 놀고 있다. 들국화도 꺾고 갈대의 하얀 꽃도 더듬어 보고 메뚜기와 여치도 만난다. 초등학교 3학년 때 집을 나서면 주위는 온통 논이었다. 이때쯤의 들녘은 살 오른 메뚜기들이 여기저기 푸드득거리며 날아 다녔다. 옆 집 아이와 나는 메뚜기를 잡으러 들녘을 헤맸다. 메뚜기를 잡아 주전자에 담거나 강아지풀 꽃대에 메뚜기를 줄줄이 끼었다. 논길을 걸으며 잡고 논둑가 콩 포기 속에서도 잡다가 논둑 옆 도랑에 빠지기도 했다.

쇠솥에 들기름을 두르고 메뚜기를 볶으면 콩 튀듯 했고, 볶은 메뚜기는 어른들의 술안주로 쓰이기도 했고, 먹을거리가 귀하던 시절 우리들의 긴요한 간식이 되기도 했다. 이튿날 도시락 반찬으로도 들어있었다. 그 고소한 맛은 지금도 잊혀지지 않는다. 그러나 지금 아이들에게 메뚜기를 먹으라고 하면 놀라 줄행랑치리라.

들에는 메뚜기 말고 조그마한 청개구리도 있었다. 자세히 보지 않으면 눈에 띄지 않는다. 노란 잎 위에 앉으면 노란색이 되고 파란 잎 위에 앉으면 파란색이 된다. 손가락 한마디 크기에 작은 개구리를 어른들은 몸에 좋다고 산채로 삼켰다. 그 모습을 보지 않으려고 고개를 돌리곤 했다. 비가 내린 다음날 논에 물꼬를 트면 고랑에는 손바닥만 한 붕어와 미꾸라지가 많이 내려왔다. 우리는 세수 대야가 넘치도록 붕어와 미꾸라지를 잡았다. 된장에 우거지를 넣고 끓인 미꾸라지와 붕어의 국 맛은 수십 년이 흘렀어도 잊히지 않는다. 논둔덕에 심어 놓은 콩 포기를 뽑아서 불에 구웠다. 탁탁 콩대 튀는 소리에 군침을 삼키고, 손과 입이 검댕으로 꺼멓게 되는 것도 마다하지 않았다. 어쩌다가 눈이 마주치면 손가락질을 하며 킬킬거렸던 일이 영화 한 장면처럼 떠오른다.

들녘은 어른들의 삶터였지만 우리에겐 놀이터이기도 했다. 논 옆으로 흐르는 개울가, 빨래하는 엄마 옆에서 고무신에 모래를 퍼 담으며 놀기도 하고, 물속에서 다슬기와 송사리도 잡아 신발에 담았다. 지금은 운동화나 구두를 신지만 그때는 검정고무신, 흰 고무신, 꽃신을 주로 신었다.

개울물은 거울처럼 바닥이 환하게 보였다. 빨래터 옆에는 커다란 상수리나무가 두 그루 서 있었다. 그 중 한 그루는 두 사람이 팔을 맞잡아야 할 정도로 굵었다. 바람이 불거나 비가 온 이튿날에는, 새벽에 일어나 소쿠리를 들고서 나무 아래로 달려갔다.

논 옆 언덕 위에는 묘지가 몇 기 있었고 우리들은 시간이 날 때면 이곳에 와 뒹굴며 누렁이와 함께 놀았다. 봄에는 할미꽃이 묘지 옆에 많이 피어났다. 등이 굽었다고 꽃을 따 등을 펴기도 했다. 언덕 밑으로 들국화가 소담하게 피고 갈대꽃도 하얗게 피었다. 엄마는 할머니 해수 기침에 좋다고, 흰 들국화만 캐다가 뜰에 말렸다.

허수아비를 논 가운데 세웠다. 허수아비에 칡넝쿨을 묶어 딸랑거리는 방울을 달아 흔들었다. 훠이 훠이 하면서···. 참새들은 새카맣게 날아가고 다시 왔다. 하루가 다르게 들녘은 익어가고 하늘에는 고추잠자리 왕잠자리 참새가 떼를 지어 날았다. 여자아이들은 빨간 잠자리를 잡아 손가락 사이사이에 끼고 놀았다. 지금 생각하면 잠자리에게 얼마나 미안한 일이었던가. 사내아이들은 고무줄 총으로 참새를 잡는다고 돌멩이를 날렸다.

"평택 내리셔요." 하는 방송에 번뜩 정신을 차린다. 가방을 들고 자리에서 일어선다.

누가 쫓아오는 것처럼 바쁘게 살다보니 어느새 중년의 문턱을 넘어섰다. 그 동안 까맣게 잊고 살았던 유년시절로 돌아가, 잠시 동안 티 없이 아름답던 그 시절의 꿈을 꾸었다. 무엇과 바꿀 수 없는 보람된 한 시간이었다. 그때 그 아이들은 지금 어디에서 어떻게 살고 있을까. 문득 보고 싶어진다.

굴업도에서

개머리 능선에 선다.

엉겅퀴꽃으로 뒤덮인 능선은 온통 보랏빛이다. 나비들이 떼 지어 춤을 추며 움직인다. 그 광경에 걸음을 멈추고 숨을 죽인다.

굴업도를 가기 위해 연안 여객터미널에서 만난 일행과 함께 덕적도행 배를 타고 다시 굴업도행 배로 갈아탄다. 구름 한 점 보이지 않는 팔월의 태양은 바라보는 것만으로 숨이 막힌다. 며칠 전에 굴업도에 다녀왔다는 일행의 이야기에 가슴이 설렌다. 마음이 먼저 그 섬에 가 있다.

작은 선착장에는 민박집 주인이 용달차를 가지고 와서 기다리고 있다. 땡볕을 그대로 맞으며 뒤뚱거리는 비포장도로를 얼마쯤 달리니 몇 가구의 집이 보인다. 모래가 많은 땅이어서 논농사는 지을 수 없고 밭농사로 땅콩, 옥수수 그리고 채소를 주로 심는다. 이곳에는 일곱 가구가 살고 있다.

민박집에서 미리 준비해 놓은 식사를 마친 뒤 서둘러 바닷가로 나온다. 물이 빠진 갯벌에는 다슬기와 고둥이 지천이다. 손바닥으로 쓸기만 해도 한 주먹이다. 새까맣게 붙어있는 다슬기들. 다슬기를 잡느라 바위에 엎드린 우리에게 안내하는 사람이 빨리 오라 부른다. 갯가에는 사람의 형상이나 동물의 모습을 하고 있는 바위들이 늘비하다. 집채 만한 바위가 코끼리모습을 하고 있다. 그 코 끝부분은 슬슬 더듬어 볼 수 있지만, 윗부분은 고개를 젖히고 올려다보아야 한다. 바위마다 무수한 구멍이 나 있다. 바닷물이 만든 작품이 아닐까.

바위와 바위 사이를 건너뛰고 모래밭을 지나니 모래언덕이다. 눈같이 흰 모래가 채로 친 듯 곱다. 한발 한발 집고 오를 때마다 모래가 무너진다. 종아리까지 빠지는 땡볕에 달구어진 모래가 온몸을 화끈화끈하게 한다. 넘어지면 무너지는 모래와 함께 아래로 굴러버릴 것 같은 능선. 안내하는 이가 뒤를 돌아보면 더 오를 수 없다고 큰 소리로 말한다.

그 속에서 끈질긴 생명력을 본다. 모래 언덕에 서 있는 키 작은 소사나무들은 작은 마디마디마다 옹이가 박혀있다. 이 작은 나무에 어쩌면 마디가 이리도 많을까. 살아남기 위해 위로 오르지 못하고 옆으로 낮게 자라면서 마디가 생겼나보다. 하나하나의 마디가 저마다 완성을 이룬 개체로, 바람에 저항하며 생명을 이어가는 사명을 다하나보다. 삶의 어려움 속에서도 참고 견디며 살아 온 우리 어머니들의 삶을 보는 것 같다.

모래언덕을 지나면 산길로 이어진다. 산길을 30분쯤 걷자 낮은 바위언덕이 나온다. 언덕을 넘으니 나무 한 그루 없는 구릉이다. 무릎까지 자란 풀들이 능선을 에워싸고 있다. 사이사이 피어있는 엉겅퀴의 보랏빛물결이 바람에 파도처럼 남실거리며 전해오는 향내, 떼 지어 날아오르는 나비들의 춤사위에 모두 걸음을 멈춘다. "아! 천국이 따로 없네." 여기저기서 탄성이 터진다. 한 사람이 겨우 지날 듯한 길이 능선 끝까지 이어져 있다. 이곳은 사슴을 방목하는 목장이라 한다. 엉겅퀴와 뒤섞인 약쑥이 사람들의 무릎까지 차고 쑥과 엉겅퀴가 품어내는 향기가 능선에 가득하다. 오솔길을 따라 걷는 발걸음이 꿈길을 걷는 것 같다.

길 끝은 아득한 낭떠러지다. 능선 끝엔 여러 모양의 바위들이 바다를 향해 웅크리고 있다. 그 중 하나가 자살바위라 한다. '이 자리에 서 있다 보니 뛰어 내리고 싶은 충동이 이는구나.' 바닷물이 바위를 때리며 부서진다. 부딪치며 달려드는 흰빛, 꽃들의 보랏빛, 색색의 나비들. 바위 끝에 서서 말을 잃는다.

어느새 날이 저물며 노을이 진다. 구름 한 점 보이지 않는 하늘이 노을로 물들어 간다. 아! 또 한 번 감탄할 수밖에 없다. 노란빛에서 붉은빛까지 그 사이에 있는 모든 빛을 보여 주는 것 같다. 노을 틈새로 보이는 청색. 내가 가진 어휘로는 이 색채의 아름다움을 다 표현할 수 없다.

돌아가야 할 길은 먼데…. 넋을 놓고 있는 우리에게 빨리 돌아가야 한다고 일행 중 한 사람이 말한다. 아쉬움을 남기고 돌아선다. 누군가 "저기 보셔요" 소리친다. 맞은 편 언덕에 사슴 떼가 우리와 같이 노을을 보고 있다. 미동도 하지 않는다. 화려한 머리의 관과 커다란 눈동자들은 어느 영화 한 장면인 듯 신기하다.

어두워 오는 능선, 돌아 갈 길이 아득하다. 하늘에 상현달이 떠있다. 오솔길을 달리듯 걷는다. 달빛에 비친 약쑥이 한꺼번에 흰 꽃으로 변하며 자신들만의 향내를 피우기 시작한다. 신비롭다. 능선을 지나니 달빛도 사라진다. 칠흑 같은 어둠을 뚫고 바위 길을 내려가야 한다. 온 몸에 식은땀이 흐른다. 손전등도 챙기지 않은 우리는, 각자 손전화의 빛을 이용하여 한 발 한 발 더듬거리며 내려온다. 구덩이에 빠지고 넘어지면서 해변으로 내려오니 자정이 가까워 오고 있다. 민박집 주인과 민박하던 이들이 걱정이 되었는지 해변에서 기다리고 있다.

지친 우리는 모래사장에 쓰러지듯 눕는다. 시장기도 느껴지지 않는다. 바다에서는 울부짖는 소리와 함께, 흰 말 떼들이 갈기를 휘날리며 해변으로 달려든다. 칠흑 같은 어둠속에서 밀려들며 으르렁대는 울음소리. 다시, 또 다시. 그렇게 굴업도의 밤은 깊어만 간다.

*개머리능선; 능선의 모습이 개의 엎드린 형상 같다하여 붙여진 이름

2

초록 보너스

돌아오는 산길에서 저수지를 또 가까이 지난다. 물빛까지 초록이다.
산과 산이 어깨를 기대고 물속에 내려와 누워있다.
소리 내지 않고 흔들리는 초록 물은 산들을 간질이고 있다.
바라보는 내 가슴에도 초록으로 물든다.
행복한 하루. 우연히 받게 된 초록빛 보너스.
팔월 어느 날 한나절의 초록마을 이야기이다.
　　　　－ 본문 중에서

김영갑의 사진전을 보고

신문 한 면이 사진 한 장으로 채워져 있다. 붉게 물든 들녘에 세워진 무지개. 한참 동안 눈을 뗄 수가 없다. 붉은 들녘과 회색 하늘, 그 위에 걸친 여러 가지 빛. 지금까지 적지 않은 사진을 보아 왔지만, 이 사진은 알 수 없는 신비로움으로 가슴을 흔든다.

작가가 어떤 사람일까? 〈사진에 미쳐… 제주에 미쳐……〉라는 제목 밑으로 작가의 사진과 약력 그리고 그가 사진을 찍게 된 동기도 적혀있다. 이십 년 전 제주에 갈 기회가 있어 몇 번 다니러 갔다가, 그곳에 반하여 그때부터 제주에서 살게 되었다고 한다. 가족도 연인도 인연을 끊고 오직 사진만을 찍기 위해 온 산과 계곡 그리고 들녘을 헤매었다. 그러한 그가 지금 사십칠 세의 젊은 나이에 루게릭병에 걸려 시한부 인생을 살고 있단다. 필름을 살

돈이 없을 때는 눈으로 사진을 찍고 가슴에 인화를 했는데, 이젠 병이 깊어 다시 눈으로 사진을 찍는다는 사연도 사진과 함께 실려 있다.

날이 밝기를 기다려 전시회장을 찾는다.

클래식 음악이 낮게 흐르고 실내를 비추는 중간 톤의 불빛. 관람객 반쯤은 카메라를 들거나 메고 있다. 나도 그들 틈에 끼어 사진 앞에 선다.

작품의 반이 구름사진이다. 비가 오기 전의 구름, 청색구름, 회색구름 그 무늬도 여러 가지다. 무섭기도 하고 황홀하기도 한 구름 앞에서 숨을 크게 쉰다. 사진 속에서, 비를 몰고 오는 바람이 세차 보인다. 낮은 언덕에 서 있는 한 그루의 나무와 두 그루의 나무. 이 나무들이 서 있는 장소가 구름 사진의 작품무대다. 같은 장소에서 각각 다른 구름을 본다. 아침노을, 저녁노을, 붉은빛, 주홍빛, 빛나는 황금빛, 검은색과 붉은 색의 뒤섞임. 비바람을 몰고 오는 먹구름. 번갯불이 번쩍이는 구름. 빛과 어둠이 섞인 구름. 구름……. 구름의 표정이 모두 다르다.

그가 쓴 안내글을 읽어본다.

'하늘을 본다. 구름의 변화에 따라 내 마음도 달라진다. 구름은 단 한 번도 같은 모습을 하지 않는다.(후략)'

구름과 그 주위를 나타내는 빛이 신비롭다. 구름을 안고 바람에 흔들리는 나무, 떨고 있는 나무. 눈으로 보면 나무로 보이나 마음으로 보면 작가의 외로움이다. 구름 아래 서 있는 나무가 작가와 닮아 보인다. 비를 몰고 오는 검붉은 구름 앞에서 문득 빈센트 반 고흐를 생각한다. 가난과 고독 속에서 오직 그림만을 위해 홀로 불꽃처럼 살다간 화가. 죽기 전 그가 남긴 마지막 작품 〈밀밭의 까마귀〉 그림이 구름 사진 위로 어른거린다. '불타는 듯한 황금빛 밀밭, 회색 하늘, 밀밭 위로 날아드는 검은 독수리들, 어떤 일이 일어날 것 같은 긴박감' 작가도 작품도 서로 다른 데 내게 전해오는 느낌이 하나인 건 왜일까?

전시실 안은 가끔 사진 찍는 소리만 들릴 뿐, 발소리도 말소리도 들리지 않는다. 작품이 모두 구름과 바람은 아니다. 평화로운 들녘, 밀밭, 키 작은 야생화가 가득한 들녘, 푸르고 푸른 풀밭 사진들. 그런데 사람들은 구름 사진 앞에서 움직일 줄을 모른다. 폭풍을 몰고 오는 바람으로, 온 몸이 부러질 듯 흔들리는 나무. 이 작품에서 작가가 하고 싶은 언어를 듣는다. 그의 가슴속에 숨어있는 마음이 내게 온다. 눈시울이 젖는다.

얼마만큼 마음을 비워야 누군가의 가슴을 젖게 할 수 있을까? 내 속을 들여다본다.

전시실을 나오면서 작가 영상을 담은 비디오를 본다. 병이 깊어 입술도 잘 움직여지지 않는 그는 어눌한 목소리로 이렇게 말한다.

"제주사람들이 잃어버린 세계, 그 세계를 가슴 가슴으로 전하고 싶었다. 사진을 눈으로 찍은 것이 아니고 가슴으로 찍었다."는 말과 함께 "자신이 자신에게 받는 평가가 제일 중요하다."는 그의 말을 가슴에 담는다.

그가 이 세상을 떠난다 해도 아름다운 제주는 그의 작품에 남아, 많은 사람들의 가슴에 오래도록 살아 숨 쉬리라.

얀 샤우덱 사진전

　전시실에 들어선 친구는 작품 앞에서 당황스런 표정으로 한 걸음 물러섰다. 전시된 작품들은 거의 다 벗었다. 내 생각에는 누드 작품이라고 표현하기보다는 벗었다는 표현이 어울릴 것 같다. 윗옷을 입으면 아래를 벗었고 아래를 입으면 윗도리를 벗었다. 양말만 신고 다 벗었으며, 다 입고 엉덩이만 내놨다. 엉덩이보다 더 풍성한 앞가슴만 내놓은 작품. 같은 모델이 한 쪽은 벗고 한 쪽은 옷을 걸친 작품. 정장을 한 남자가 벗은 여자들 속에서 책을 읽거나, 성장한 여자들 속에 벗고 서 있는 남자. 만삭여인의 배와 아이를 출산한 뒤의 결결이 갈라지고 튼 배. 벗은 몸으로 해골을 손에 들고 바라보는 여자. 남자와 여자의 거침없는 행동, 개처럼 엎드린 행위. 뚱뚱한 여인의 커다란 유방과 엉덩이, 출렁거리는 뱃살,

툭툭 불거진 허벅다리의 퍼렇게 드러난 힘줄, 여자의 가장 은밀한 부분을 여러 각도로 노출시킨 작품 등등.

작품의 배경은 모두 비슷해 보였다. 칠이 벗겨지고 군데군데 벽이 드러나 보이고 채색이 엷거나 짙고 검푸르며 곰팡이가 피었는지 흰빛도 보인다. 지하창고 같은 음울한 분위기. 모델들의 무표정. 작은 창문을 통해 들어오는 빛은 작품을 더 어둡고 침울한 분위기로 만들고 있다. 무언가 일어날 것 같은 격정적 분위기. 셋씩 둘씩 함께한 작품은 내 상식을 뛰어넘는다.

전시실 안에 적혀 있는 작가의 이야기를 읽었다.

나는 일출과 일몰을 보았다

켄터키에서 무지개를 보았고

카마르그의 야생백마와 커다란 검은 소들도 보았다

……

산에도 가보고 끝이 없는 숲도 걸어보고

모든 종류의 최고의 경이를 보았다‥

그러나 한 번도 단 한 번도 여성만큼 아름다운 것은 보지 못했다

여성은 세상에서 가장 아름다운 존재이다

그래서 작가는 여자를 그것도 벗은 여자를 주로 찍었나보다.

음울한 환영들. 경박하고 음탕해 보이는 이 작품들은 로맨티시즘인가? 에로티시즘인가? 아니면 그 중간가? 작품을 이해할 수 없는 친구와 나는 작품에 대한 이야기는 나누지 않고 헤어졌다.

　며칠 뒤 나는 전시실을 다시 찾는다. 전에 느끼지 못했던 그 무언가가 가까이 다가왔다. 천천히 들여다본다. 이야기를 하는 것 같다. 촛불을 켜고, 웃옷을 벗은 뒤, 치마를 벗고 다시 촛불을 끄는 모습이 연결되어 있다. 울다가, 생각하다, 기도하고, 목을 매는 작품. 창문으로 숨어 들어와 여자를 안는 사진. 뚱뚱한 여자와 날씬한 여자. 나이든 여자와 젊은 여자와의 다른 점. 노인과 젊은 여자. 늙은 여자와 젊은 남자. 늙은 남자와 젊은 남자. 임신한 여자와 아이를 출산한 여자의 몸. 남자가 갓난아기를 안은 모습과 여자가 그 아기를 안은 모습. 거울에 비치는 여인의 앞모습과 바로 보이는 뒷모습. 모델들의 유두는 붉게 칠해 있고 볼터치도 광대처럼 붉게 칠해져 있다. 여인의 은밀한 부분을 여러 각도 다양하게 표현한 작품. 여인의 아름다움과 남자의 근육. 노인과 젊은 여인의 육적인 만남. 젊고 아름다운 여인이 들고 있는 해골. 작가의 이야기가 들리는 것 같다. 그런데 옷을 벗기지 않고는 자신의 생각을 나타낼 수 없었는지, 모델들은 아무 거리낌 없이 자신을 드러내고 있다. 그의 이야기 중에 군 복무를 마치고 고향에 돌아온 뒤 에드워드 스타이켄*의 작품집 ≪인간 가족≫을 본 뒤, 그때 그는 감격하여 울음을 터트렸으며 자신도 '사연'이 담긴 작품을 찍겠다고 맹세했다고 한다.

얀 샤우덱이 사진을 찍은 장소는 항상 자신의 비좁은 지하실이었으며 낡고 곰팡이가 핀 얼룩진 벽을 이용했다고 했다. 모델들은 가족, 친구, 이웃, 여인들로 한정되어 있다고 하며 잉태와 죽음, 인간의 본능적 욕망을 표현하려고 했다고 한다.

그의 이야기와 작품을 연결시켜 바라보니 이해를 할 것도 같다. 그의 외설스러운 작품들은 그를 세계적인 작가의 반열에 올려놓았으며, 체코에서 가장 위대한 작가가 되게 하였다고 한다.

전시실에서 '작가와의 만남'이라는 강의가 있다. 얀 샤우덱은 1935년 체코의 수도 프라하에서 출생하였으며 나치치하에서 어두운 시절을 보냈다고 한다. 끊임없는 불안과 감시가 그의 작품에 영향을 주지 않았을까? 그가 정식 혼인한 부인은 3명이며 그 외 동거녀, 애인 등 18명이라고 한다. 자녀는 몇 명이나 될까? 전시실에 적혀 있던 그의 말을 다시 생각해 본다.

우리 모두 안에 있는 이중성!
선과 악 – 그것은 분명하다
새로운 것은 없다

놀라운 거룩함, 선과 악, 흑과 백, 영혼의 고상함과 둔부의 음탕함

거름더미 위에 자라나는 화려한 장미

야누스 신 : 두 개의 얼굴

나는 일본인 여자, 아프리카 여자, 핀란드 여자와 잠자리에 들었다

이제 나는 결국

우리가 모두 같다는 것을 안다

　성에 대한 정체성이 혼돈되는 이 시대, 그의 작품은 인간의 본능이나 잠재된 내면을 표출한 것일까. 우리의 마음속에는 두 개의 얼굴이 존재할 수 있다는 생각을 해본다. 선과 악. 얀 샤우덱은 사람들 안에 있는 그 이중성을 작품을 통해 말하고 싶었는지 모르겠다. 그런데 나는 왜 그의 작품이 외설스럽고 음탕해 보이는 것일까. 우리나라에서도 문화의 흐름에 따라 이런 작품을 찍는 작가가 생길지도 모르겠다는 사회자의 말에 걱정이 앞선다.

　외설과 예술 그는 어느 쪽일까? 아니면 프로노그래퍼인가?

*에드워드 스타이켄– 미국 사진작가 1879년생(룩셈부르크 태생)

뉴욕 현대미술관개관 25주년 기념행사로 열린 전시회(1955년)

〈인간 가족전〉 700만 명이 관람

윤중로와 미술관의 벚꽃

광화문 사거리에 서서 어느 곳으로 발길을 옮길까 망설인다. 시간이 있으면 가 보려고 했던 성곡미술관으로 향한다.

미술관에 들어서니 아담한 건물 두 채가 눈에 보이고 뒤쪽으로 작은 동산이 보인다. 동산에는 벚꽃이 흐드러지게 피어 있다. 나무로 된 충충대에 올라서서 가까이 보는 벚꽃은 더욱 화사하다. 목조 산책로를 따라 걸으니 조각품들이 여러 점 눈에 띈다. 가장 인상 깊은 조각품은 〈아이디얼맨〉이란 작품이다. 옷을 다 벗은 남자들이 아무 부끄러움 없이 두 팔을 벌리고 서 있는 조각이다. 작가는 무엇을 나타내려 했을까.

동산을 한 바퀴 돌아본다. 노란 수선화가 무더기로 피어 있고, 티 한 점 없이 맑고 푸른 하늘과 조화를 이룬다. 동산 중앙에 자그

마한 찻집이 하나 있다. 가게 안이 좁아 밖으로 의자를 내놓았다. 밖에 있는 의자에 앉는다. 탁자 위에는 노란 수선화를 봉오리만 따 넓은 물 접시에 담아놓았다 그 물 접시 위로 떨어지는 벚꽃들. 어제 가 보았던 윤중로에서 눈처럼 내리던 꽃잎이 생각난다. 나도 한 잎의 벚꽃이 되어 공중을 날아다니는 착각에 빠진다.

어제 작은 모임이 있었다. 모임이 끝난 뒤 윤중로를 한 바퀴 돌기로 했다. 사십 대에서 육십 대까지 나이도 성별도 관계없이 더러는 손을 잡기도 하고 어깨를 맞추기도 하며 걸었다. 국회의사당을 출발점으로 하여 벚꽃이 만개한 길을 걷기 시작했다. 윤중로에는 많은 사람들이 걷고 있어 서로 어깨를 부딪치기도 하고 스치기도 했다. 갑자기 비가 내리기 시작했다. 꽃길을 걷던 사람들은 정신없이 뛰기 시작했고, 우리도 함께 뛰다가 어느 건물 처마 밑에 섰다.

조금 전에 화사했던 윤중로의 모습은 간곳없고 꽃길은 을씨년스러워 보였다. 거리에선 소라, 번데기, 옥수수, 오징어를 팔고 있었다. 어린 시절이 생각나 반가운 마음에 그것을 사서 조금씩 나누어 먹었다. 옛날로 돌아가 마음이 하나됨을 느꼈다. 비가 그쳤다. 그러나 벚꽃 길을 다시 걷자고 말하는 사람은 없었다.

일행 중 누군가 따뜻한 차 한 잔 생각난다며, 길가 비치파라솔 밑 의자 두세 개 놓인 탁자에 앉았다. 커피를 주문했다. 그쳤던

비는 다시 시작되고 비치파라솔 위에 콩 뒤듯 빗방울이 떨어졌다. 튕겨진 빗방울이 찻잔으로 떨어진다. 빗방울을 윤중로의 꽃잎으로 여기면서 차를 마셨다. 물에 젖은 벚꽃 가지는 몸이 무거운 듯 늘어져 갔다.

"무슨 차를 드시겠어요?"

찻집 아가씨의 말소리에 정신이 든다. 잠깐 윤중로의 벚꽃을 떠올려 보았다. 윤중로의 벚꽃도 미술관의 벚꽃도 그들이 전해주는 화사한 느낌은 같다. 찻잔을 들고 벚꽃을 바라본다. 그때 한 여인에게 눈길이 간다. 찻잔을 감싸 쥐고 벚꽃을 바라보는 그녀의 모습은 벚꽃같이 화사했다. 사진을 몇 장 찍고 싶은데 괜찮겠느냐고 물으니 잔잔하게 웃는다. 몇 장 찍은 뒤 그녀의 이야기를 듣는다. 가끔 시간이 날 때면 와서 차도 마시고 꽃도 보고 그림도 구경한다면서 봄 여름 가을 겨울 철마다 다른 느낌을 받는다고 말한다. 잔잔한 미소를 남기고 언덕을 내려가는 그녀의 머리 위로, 꽃잎이 눈처럼 떨어진다. 멀어져 가는 그녀도 한 잎의 꽃잎이 된다.

초록 보너스

글방 친구의 메일을 받았다. 감명 깊게 읽은 수필 이야기와 그 작가를 만나보고 싶다는 이야기도 적혀있다. 나도 글만 접했지 그를 만나 본 적은 없다. 궁금해진 나는 연락처를 알아봤다. 전화선을 타고 들려오는 낮은 목소리가 호기심을 불러일으켰다.

친구와 함께 작가를 만나러 간다. 공영터미널에서 만난 작가는 사진으로 본 적이 있어 금방 알아 볼 수 있다. 소박한 옷차림에 스카프를 두른 작가는 그녀만의 분위기로 멋스러웠다. 시내를 벗어난 차는 산 속으로 달린다. 작은 저수지가 숲 가운데 길게 웅크리고 있다. 멀리 보이는 물빛은 알 수 없는 신비로움으로 다가온다. 가까이서 보고 싶지만 먼빛으로 갈증을 채운다. 작가는 이곳 물은 일급수라 그냥 마셔도 된다고 자랑하듯 말한다.

몇 백 년 됨직한 둥구나무 아래 동네사람인 듯한 이들이 찌개를 끓인다. 차 문을 여니 매운탕 냄새가 코끝을 스친다. 갑자기 느껴지는 시장기.

몇 채의 작은 집들이 옹기종기 모여 있는 곳에 차는 멈춘다. 차에서 내리니 사과밭에 사과가 옷을 벗고 태양 아래 여유롭다. 땅바닥에 닿을 듯 주렁주렁 달린 과일들. 농약을 치는지 물으니 무공해라고 한다. 맨드라미, 채송화, 금잔화, 봉숭아 등 어린 날 고향집 화단에서 보아왔던 꽃밭. 이곳이 작가의 집이다.

거실에서 바라 본 유리창 밖의 팔월은 초록이다. 초록이 함정이라고 말한 시인도 있지만 설사 함정에 빠지는 일이 있더라도 나는 초록을 좋아할 것이다. 미래에 대한 희망과 정열도 초록에서 본다. 가까이 보이는 산 빛도 잔디도 하늘도 초록으로 빛난다. 투박한 창문 너머로 붉은색이 태양 아래 있다. 사과, 고추, 토마토, 봉숭아꽃도 붉다.

새로 지은 밥을 식탁에 내놓는 작가의 마음이 내 가슴에 고운 무늬를 만든다. 찬이 모두 손수 가꾼 채소이며 농약을 치지 않은 무공해라 한다. 그래서인지 함께 간 친구는 밥을 두 그릇이나 먹는다. 사치스러운 찬도 가지 수도 많지 않은데 이렇게도 맛있을 수가…….

대학, 주역, 퇴계집, 율곡집 눈에 익지 않은 고서가 가득한 방

안에서 차를 마신다. 산국 두어 송이 띄운 녹차의 향기로움에 혀가 놀란다. 손수 키우는 벌이야기, 버섯이야기, 말벌 때려잡던 이야기. 작품 속에 돌아다니던 단어들이 여기저기에 널려있다. 어제도 말벌을 잡았다는데 오십 마리나 된다고 하면서 그 말벌로 술을 담갔다고 한다. 말벌로 담은 술은 남자에게 좋은 보약이라나. 믿거나 말거나…. 작가가 심고 따서 찐 옥수수를 먹으며, 달개비꽃 속에 핀 나팔꽃이 달개비 꽃빛과 닮아 간다는 말. 비 오는 날 산 속에 홀로 서 있으면 정말 행복하다는 말. 속상한 일이 있을 때 비 오는 날의 숲을 기억 속에 떠올리면 행복해진다는 작가의 말을 들으면서, 나는 비 오는 팔월의 숲을 상상해 본다. '나무들의 환호가 들리는 듯하다. 나는 그 숲에 초록나무로 서 있는 기분에 젖는다.' "눈 내린 다음날은 어떠한지요?" 대답 없이 조용히 미소를 짓는다. 아마 상상에 맡긴다는 무언이리라. 비 오는 숲 속에 서 있는 기분 그 행복감과 같지 않을까! 이 작가는 왜 이 산 속에서 살까, 도시에서 느낄 수 없는 체험과 기쁨 때문일까.

　작품을 어떻게 쓰는지 물어본다. 삼사 개월 동안 오직 한 작품만 생각한다고 한다. 일을 할 때도 길을 걸을 때도 그 작품 안에서 생활한다며, 글을 써 놓고 육 개월이 지난 뒤에야 발표한단다. 그 동안에 여러 번 퇴고한다는 말을 깊이 새겨듣는다. '그래서 글이 좋았구나!' 좋은 글은 쉽게 쓰여지는 것이 아니라는 걸 다시 깨닫는다.

　돌아오는 산길에서 저수지를 또 가까이 지난다. 물빛까지 초록
이다. 산과 산이 어깨를 기대고 물속에 내려와 누워있다. 소리
내지 않고 흔들리는 초록 물은 산들을 간질이고 있다. 바라보는
내 가슴에도 초록으로 물든다.

　행복한 하루. 우연히 받게 된 초록빛 보너스. 팔월 어느 날 한나
절의 초록마을 이야기이다.

벽계구곡을 가다

창문 밖으로 보이는 하늘과 창 틈새로 스며드는 봄의 냄새는 나를 밖으로 유혹한다. 전화를 들고 이곳저곳에 동행을 찾아본다. 다행히 두 명의 친구가 함께 가자고 대답한다.

천호동을 지나 조정 경기장이 있는 미사리에 닿는다. 아직 잎이 피어나지 않은 나무들은 벗은 대로 당당하게 서 있다. 사람에게도 벗었을 때의 아름다움과 입었을 때의 아름다움이 있듯이 나무도 이와 같다. 한쪽 방향에서는 강물의 흐르는 모습을 반대편에서는 나목들의 아름다움을 보며 달리다 보니, 어느새 카페촌을 지나게 된다. 인형의 집처럼 꾸며진 집들은 먼 나라를 옮겨 온 듯한 느낌을 갖게 한다. 누구누구 가수 이름이 큼직큼직하게 쓰인 현수막을 지나치다 보니 남한강에 닿는다.

이곳의 물과 산의 어우러짐은 언제 보아도 아름답다. 물 위에 산이 그림처럼 떠있고, 물이 아니라 산이 흐르는 것 같다. 동행한 친구가 양평의 유명한 곳을 보여 주겠다고 불쑥 제안한다. '뭐가 유명한데' 하고 물으니 벽계구곡을 보여주겠다고 한다. 청평을 향해 달리니 남한강의 물을 거슬러 올라가는 기분이다. 강물은 햇볕을 받아 금비늘처럼 반짝이고, 손을 내밀면 젖을 듯이 가까이 보이는 강물은 한층 더 우리를 들뜨게 한다. 한참을 달리니 '수입리'라는 안내판이 보인다. 이곳에서 길이 두 갈래로 갈라지는데 우측 좁은 길에서부터 노문리까지가 벽계구곡이라 한다. 계곡은 아홉 개의 크고 작은 웅덩이로 이루어졌다고 친구는 말한다.

요즘 가물어서인지 계곡의 물은 시냇물처럼 흐른다. 계곡 안쪽으로는 고목들이 검으스름한 모습으로 구부러져 서 있고 물 옆으로는 여인네 앞가슴처럼 둥그스름한 산이 병풍을 친 듯 보인다. 더 깊숙이 들어가니 물가 곳곳에 검푸른 바위들이 햇볕을 받아 청색으로 빛나고 있다. 청색 바위는 이 계곡의 자랑이라고 하면서, 어느 곳에도 이런 색을 띤 바위는 찾아 볼 수 없다고 친구는 신이 나서 이야기한다. 그래서 벽계구곡이다.

벽계구곡 초입에 자리한, 조선시대 성리학자 이항로 선생의 생가인 노원정사를 지나게 된다. 옛날엔 크고 좋은 집이었겠지만, 지금 우리의 눈에는 채색이 고운 별장처럼 보인다. 느끼는 감정도 세월 따라 달라지나 보다. 계곡을 따라 잠시 달리니 모래사장이 나온다. 청색 돌 위에 푸른 물이 흐르고, 물 옆으로 고운 모래밭. 그 모래밭 위에 고목이 군데군데 서 있다. 다른 곳에서는 좀체 볼 수 없는 경치다.

신을 벗어들고 모래밭을 걷던 우리는 물가에 앉아 가지고 간 커피를 마신다. 비싼 값을 치르고 산 커피라 할지라도 이 맛보다 더 향기로울까. 조용조용 흐르는 물소리와 오염되지 않은 공기 속에서 커피의 향은 코끝을 기분 좋게 간질인다. 우리는 그저 조용히 차만 마신다. 혹여 이 고즈넉한 풍경에 누가 될까봐.

비포장도로와 자갈길이라고 망설이던 친구가 내 간청에 마지못해 노문리 끝까지 달린다. 진흙길과 자갈길을 달리던 차는 기어코 얼었던 흙 속에 바퀴가 빠져버린다. 빠져 나오려고 할수록 바퀴는 흙 속으로 들어간다. 바퀴 밑 흙을 손으로 파보지만 어림도 없다. 도움을 청하려고 주위를 둘러보니 나무와 물과 청색바위 뿐이다.

인가를 찾아 가보니 작은 천막집이 한 채 보인다. 아무도 살고 있을 것 같지 않은 천막을 향해 우리는 소리를 지른다. '누구 계십니까' 하고 연거푸 소리를 지른다. 잠시 뒤, 안에서 머리가 하얀 할아버지 한 분이 천천히 고개를 들고 나온다. 이야기를 듣던 할아버지는 겁도 없이 여자들이 이 험한 비포장도로를 올라 왔다고 나무라신다. 잠시 뒤 삽을 들고 나와서 한참이나 땀을 흘렸다. 그 분의 도움으로 차가 흙 속에서 빠져 나온다.

고마운 마음 전하고 싶은데 마땅히 가진 것이 없다. 남아 있던 커피를 모두 한 잔씩 따른 뒤 건배하듯 '감사합니다' 하고 크게 말한다. 할아버지는 이제까지 마신 커피 중 가장 맛있다고 하며 크게 웃으신다.

짧은 시간이지만 걱정도 기쁨도 맛보았다. 우리는 계곡을 내려 오며 조금 전에 어려웠던 일을 금방 잊어버리고 만다. 어찌 잊어 버리고 사는 일이 조금 전 일 뿐이겠는가. 은혜를 입은 일, 도움을 받은 일, 기억해야 할 일들을 얼마나 많이 잊고 사는지 모른다.

문득 돌아보니 노을빛에 반사된 청색바위가 손짓하며 인사하고 있다. 나는 그들에게 약속한다. 가슴이 허해지는 날, 청색바위 당신이 그리워지면 다시 오겠노라고….

비 오는 날의 미술관

오랜만에 기다리던 비가 온다. 서둘러서 집안을 치우기 시작한다. 손은 일을 하는데 마음은 빗방울 떨어지는 거리를 헤맨다.

하던 일을 멈추고 전화기를 든다. 비 오는 날을 좋아 할 친구를 생각하며 신호를 보내본다. 미술관에 가자는 내 말에 '비가 오는데' 하며 다음에 가자고 거절한다. 둘이라는 사치스러운 낱말을 지워 버리고 비 오는 거리로 나선다. 소나기는 거리를 금방 물바다로 만든다. 우산은 들었으나 비바람에 온통 젖어 버린다.

젖은 옷차림으로 광화문에 있는 일민 미술관으로 들어선다. 소나기 때문인지, 늦은 시간 때문인지, 미술관 안은 텅 비어 있다.

미술관 안에는 1920년에서 2000년대까지의 시대상의 미술과 신문 속의 미술이 전시되어 있다. 신동아와 여성동아의 표지화된 작품들도 한자리에 모여 있다. 화보 속의 미인들은 통통한 모습이다. 미인의 기준도 시대에 따라 다르다는 것을 보여준다.

근 현대 미술의 대표적 작가 100여 명의 작품을 한눈에 볼 수 있었다. 유화, 표지화, 목차화, 수묵화, 채색화 시대별 시물 사조의 변천사를 살펴볼 수 있다.

제2부는 신문에 실렸던 연재소설의 삽화와 그리고 즐겨 보았던 고바우영감도, 두꺼비도, 나대로 선생도 새롭게 만날 수 있었다.

오십 년대의 가정집 안방과 육십 년대의 거리와 사무실 모습을 그대로 보여준다. TV가 처음 나왔을 때는 고장도 잘 났었다. 주먹으로 쾅 치면 나오지 않던 화면이 나오기도 했다. TV가 있는 집은 동네 사랑방이 되었다. 애국가 소리가 들려야 일어서던 사람들을 그때의 집주인들은 싫은 내색을 하지 않았다.

라디오, 축음기, 둥근 전기다리미, 세숫비누[흑사탕 비누] 등 잃어버렸던 내 물건을 보는 듯 반가웠다. 칠십 년대의 쓰레기통, 공중변소, 광고물이 덕지덕지 붙어있던 판자 울타리, 타임머신을 타고 그 시절로 돌아 가 있는 기분이다. 지저분했던 재래식변소도 판자 울타리도 정겹게 느껴짐은, 어려웠지만 정에 살았던 그 시절을 잊지 못하기 때문이리라.

미술관 안에 있는 찻집에 들어가 본다. 벽에는 대문짝만한 70년대 영화 포스터들이 빙 둘러 붙어있다. 젊은 시절의 조미령,

황정순, 최은희, 허장강, 박노식 등이 웃고 또는 울고 있다. 왜 그리 낯설어 보이는지. 멋의 기준이 세월 따라 많이 달라졌음을 느낀다.

차를 한 잔 마신 뒤 미술관을 나서니, 거리에는 여전히 비가 내리고 빗방울은 아스팔트 위를 두드리고 있다.

이젠 집으로 돌아갈까. 그러나 마음은 집으로 향하지 않고 거리에 서 있다. 발걸음을 광화문 근처에 있는 성곡미술관으로 옮긴다.

전시실에는 현대로 가는 미술이라는 작품이 전시중이다. 1층에 들어서니 부서진 차가 한 대 있고 주위에 빨간 풍선들이 수없이 나뒹굴고 있다. 너나 할 것 없이 풍선을 발길로 차며 한 바퀴 돈다. 다른 전시실에는 물이 밑으로 떨어지는 넓은 그릇에 빛이 반사되며, 그 빛 속에 서 있는 사람의 그림자가 벽면에 그림처럼 비친다. 그리고 흐르는 물소리가 은은하게 들린다.

작가들은 모두 20대라 한다. 잘은 모르지만 빛과 소리와 그림을 하나로 나타내려고 하지 않았을까. 나는 그들의 그림이 잘 이해가 되지 않는다. 조금 전 일민 미술관에서 보고 온 작품과 너무나 큰 차이에 타임머신을 타고 미래의 세계에 오지 않았나 두리번거린다. 짧은 시간 미술 세계의 다양한 변화에 혼란을 느낀다. 그리고 세대 차이를 피부로 느낀다.

전시실 문을 나서니 밖은 여전히 비가 내리고 있다. 우산을 펴 들고 미술관 안에 있는, 나무로 된 산책로를 걷기 시작한다. 바람에 나뭇잎은 세차게 흔들리고, 초록 잎이 빗물에 젖어 검은빛을 띤다. 동산 곳곳에 자리한 조각품들은 무방비 상태로 비를 맞는다. 벌거벗은 남자도, 소인지 말인지 분간할 수 없는 조각도, 넝마를 두른 인간 조각도, 작품들에게 생명이 있다면 이렇게 비가 오는 날의 기분은 어떠할까. 아무도 없다면 나도 그 옆에 서서 비를 맞고 싶다.

산책로 가운데 있는 찻집에 들어간다. 내리는 비에, 찻집 밖의 의자는 자유롭고 찻집 안의 의자엔 끼리끼리 마주 앉아있다. 비에는 전혀 관심이 없는 듯 자기들 세계에 빠져있다. 차를 한 잔 주문한 뒤 유리창 밖을 본다. 빗줄기는 굵어졌다 가늘어졌다 제멋 대로다. 아주 먼 곳을 여행하고 온 듯 피로가 몰려와서, 의자에 머리를 기대고 줄기차게 내리는 창밖의 비를 하염없이 바라본다. 그러나 내 머리 속엔 신발도 벗고 머리도 풀어 헤친 내가 빗속을 뛰어다니는 게 보인다.

잃어버린 이름

날씨는 아직 쌀쌀하지만 개구리가 잠에서 깨어난다는 경칩이 지났다. 가로수를 바라보니 겨울과는 다르게 화사한 느낌이 온다. 목련나무 밑에 서 본다. 작은 꽃눈이 가지마다 맺혀있고 머지않아 꽃망울이 맺힐 것 같다. 가슴이 설렌다. 활짝 핀 꽃이 보고 싶어 져, 윤동주님의 〈봄〉 시를 떠올린다.

봄이 혈관 속에 시내처럼 흘러
돌, 돌, 시내 가차운 언덕에
개나리 진달래 노란 배추꽃

삼동을 참아온 나는

풀포기처럼 피여 난다.

　강남에 있는 꽃 상가에서 이 꽃 저 꽃 바라보며 만져도 본다.
빨 주 노 초 파 남 보 갖가지 색의 꽃이 모여 있다. 아직 개나리도
진달래도 피지 않았는데, 봄꽃부터 가을꽃까지 모두 자신의 아름
다움을 뽐내고 있다. 사람의 힘으로 만든 아름다움과 향내이지만
그래도 아름답다. 복제인간도 만들어 낸다는 지금, 가을꽃을 봄
에 볼 수 있다는 것은 이야기꺼리도 되지 않는다.
　장미, 국화, 아이리스, 백합, 안개, 난 등 국적도 알 수 없는
꽃들이 가득하다. 천천히 꽃을 바라보며 걷다가 걸음을 멈춘다.
눈에 띌 만큼 화려하지도 아름답지도 않은 꽃무더기 하나가 내
발을 잡는다.
　소국과 안개꽃이다. 다른 꽃들이 아름다움을 뽐내고 있는 귀퉁
이에 조용히 숨어 있는 꽃, 가까이 들여다본다. '아! 예쁘구나.'
할 사람은 없을 것 같다. 하지만 꽃꽂이를 하거나 꽃다발을 만들
때 없어서는 안 될 꽃, 함께 있으면 다른 꽃이 더 돋보이게 되는
꽃, 상대방을 위해 있는 꽃, 만약 가슴이 있다면 따뜻한 마음을
가졌을 것이라고 생각한다.
　강남상가에서 멀지 않은 곳에 있는 양재동 꽃시장으로 향한다.
서울에서 가장 큰 꽃시장이다. 상가 문을 열자 진한 향기에 멀미

가 난다. 한두 가지 풍기는 향기는 가슴에 와 닿는데, 여러 가지 향이 뒤섞이니 무슨 냄샌지 감이 오지 않는다. 너무 과하면 부족함만 못하다고 했던가.

흰 꽃, 붉은 꽃, 진노랑, 진빨강 진한 색채에 눈이 부시다. 눈에 뜨이게 강하고 환한 아름다움에 발길을 멈추고 꽃잎을 만져 본다. 꽃물이 손에 묻어 날 것만 같다. 붉다 못해 핏빛으로 보이는 동백꽃, 수줍은 듯 피어 있는 아이리스, 나비가 나는 듯 보이는 호접란 그 중 가장 눈에 띄는 꽃은 역시 봄의 꽃 철쭉이다.

꽃이라는 이름은 같은데 색깔도 모양도 서로 다르다. 사람도 꽃과 같지 않을까. 사람인 것은 다 같은데, 모습 성격 취미가 서로 다르듯이… 이 꽃 저 꽃 바라보다 가슴이 시려온다. 너무 아름답기에 그 모습이 아픔으로 다가온다.

여인은 꽃보다 아름답다고 했는데 그 고움으로 말미암아, 은나라를 망하게 했던 주왕의 비 달기도, 중국 서주를 망하게 한 유왕의 총희 포사도, 조선조 때의 장녹수도 아름다움이 그 원인이었으리라.

소국을 한 다발 사서 코에 대 본다. 향기도 모습처럼 요란하지 않고 은은하다. 여자들은 남편과 자식을 위해 자신을 잊고 살아간다. 모든 여자들이 다 그런 것은 아니지만 대부분 결혼과 함께 자기 이름 석 자를 잊어버리고 산다. 꽃으로 친다면 소국이나 안

개꽃이 아닐까. 남편과 아이들이 빛나기를 바라며, 꽃다발 뒷면
에 놓이는 푸른 잎이거나 꽃 사이사이에 끼이는 안개꽃처럼 살아
간다.

문득 손에 들고 있는 소국 한 다발이 소중하게 생각된다.

푸른 추억

오늘은 문득 선생님이 그리워 미술관과 박물관, 조각공원이 어우러진 중남미문화원을 찾았다.

중남미지역은 아메리카대륙의 남쪽 멕시코 카리브해연안 여러 나라가 속해있다. 마야와 아르텍, 잉카문명 등 고대 문명의 발생지이기도 하다.

남미의 음악이 흐르는 뜰에 들어서니 무희복을 입은 남미의 여인상이 금방이라도 뛰어나와 춤을 출 듯 한 표정과 몸짓으로 서있다. 흐린 날씨 탓인지 회색빛으로 물든 뜰에 촘촘히 서 있는 나목들과 가슴을 드러낸 채 서 있는 여인들의 조각상들이 추워 보인다.

언덕길을 따라 조각공원에 오르면 여러 조각상들이 해학적인 모습으로 또는 무표정하거나 슬픈 표정 여러 형태의 모습으로 앉거나 서 있는데 거의가 여인상이다.

단풍나무가 숲을 이루고 있는 가파른 오솔길에는 모양과 문양이 거의 같은 브론즈의자들이 놓여 있다. 지난 가을에 떨어져 수북이 쌓인 낙엽을 밟으며 언덕을 내려오다 한 조각상 앞에서 나는 걸음을 멈춘다. '인디오 여인상' 이라고 적혀있다. 넓은 천으로 몸을 감싼 여인은 두 눈을 감고 얼굴은 하늘을 향하고 있다. 광대뼈가 유난히 두드러진 알 수 없는 표정에는 남미의 이야기가 가득 담겨있는 듯하다.

박물관 안으로 들어가니 화려하게 장식된 인형들과 각기 다른 표정의 조각상들, 장신구들, 성서를 보관했었다는 자물통 달린 커다란 궤, 화려한 도자기와 주방 집기 등 마야문명에서부터 현대까지의 다양한 유물들이 전시되어 있다. 그 중에서 가장 나의 눈길을 끄는 것은 벽 한 면을 꽉 채운 여러 형태의 가면들이다. 괴기스럽고 독특한 가면에서 그들의 정신세계를 엿본다.

지하 미술전시실로 내려간다. 그러나 지금은 회의실로 바뀌어 있다.

몇 년 전 원우들과 은사님을 모시고 이곳 미술전시실에 왔었다.

그 날 우리와 선생님은 문화원 이곳저곳을 구경하며 지하실에 위치한 미술전시실로 내려갔었다. 미술품을 관람하다 전시실 막

다른 복도에 이르자 선생님은 "이렇게 막다른 장소는 연인들이 키스하는 곳이야." 하셨다. 평소에 점잖으시던 선생님의 갑작스런 농담이 너무 낯설어 우리는 웃기보다 서로의 얼굴을 바라보며 당황해 했고 그런 우리를 보고 선생님은 소년처럼 얼굴을 붉히셨다. 그런데 그 아름답고 정겹던 추억들이 이제는 회한(悔恨)으로 남아 나를 슬프게 한다.

박물관 안에는 식당이 있다. 이곳에서는 전날예약을 하지 않으면 식사를 할 수가 없었다. 그것을 알고 있는 우리는 며칠 전에 스페인 전통요리인 '빠에야' 라는 요리를 예약해 놓았다. 난생 처음 먹어보는 음식에 잔뜩 기대를 하며 음식 나오기를 기다리는데 마침 이곳 원장 부인이 나와서 빠에야에 대해 자세하게 설명해 주었다.

양철로 된 넓은 프라이팬에 쌀밥을 넣고 해산물, 닭고기 그리고 몇 가지 채소를 함께 넣고 볶다가 향이 짙은 노란 스페인 향신료를 넣어먹는데 우리나라 볶음밥과 비슷했다. 거기에 스테이크 한 쪽과 샐러드 한 접시에 와인 한 잔이 나왔다. 우리는 처음 먹어보는 음식이지만 맛있게 먹고 후식으로 나온 커피와 남미의 녹차까지 마시며 즐겼지만 선생님은 식사를 조금밖에 못하셨다.

그렇게 예약을 하지 않으면 식사를 못하던 식당이 추운 날씨 탓인지 오늘은 텅 비어있다. 나는 빈 식탁에 앉아 선생님과의 첫 만남을 떠올린다.

선생님을 만난 곳은 처음으로 개설된 신세계백화점 수필반 강의실이었다. 좀 크다싶은 검은색 가방을 드신 선생님의 첫 인상은 좀 엄격해 보였다. 내가 예상했던 것처럼 선생님은 일주일에 한 번 있는 강의 때마다 수업 30분 전에 오시어 간혹 지각하는 나이 든 수강생들을 민망하게 했다.

처음으로 글쓰기를 시작한 중년의 주부들을 가르치면서 답답한 일이야 말로 다할 수 없으련만 선생님은 열심히 가르치셨고 우리들도 열심히 배우며 많은 추억을 쌓았다. 후에 안 일이지만 선생님은 심장수술을 받고 채 회복도 되지 않은 몸으로 강의하셨던 적도 있었다.

사람은 한 치 앞도 모른다 했던가. 항상 우리 곁에 계실 줄만 알았던 선생님이 떠나신 뒤에야 선생님의 빈자리가 얼마나 크고 함께 했던 시간들이 얼마나 소중했던가를 절감한다. 그동안 선생님께 받은 은혜가 태산인데 보답할 길이 없어 가슴이 아리다. 그리고 다시는 뵐 수 없는 선생님이 한없이 그립다.

세월은 흘러도 추억은 그 자리에 그대로 있나보다. 변하지 않는 추억이 안타깝다. 이별은 떠난 자의 몫이 아니라 남아있는 사람의 몫이다.

봄이 오면 문화원 뜰은 또다시 푸른빛으로 가득할 것이고 선생님은 우리들 가슴에 푸른 추억으로 남아 있을 것이다. 이따금 선생님이 생각나면 우리는 다시 이곳을 찾아와, 선생님과 함께 했던 날처럼 식사도 하고 차도 마시며 선생님과의 추억을 그리워 할 것이다.

남미의 음악을 들으며 회색빛 문화원 뜰을 나선다. 삼가 선생님의 명복을 빌면서…….

소래포구

8년 만에 소래포구에 다시 왔다. 새로운 건물이 들어서고 오가는 사람들과 자동차로 북적거렸다. 예전에 보았던 소래는 간 곳이 없다.

기찻길을 건너면 갈대밭이 있었고, 바람이 불면 물결처럼 일렁이는 모습이 보기 좋았었다. 그 갈대밭을 지나면 염전이 있고, 자로 잰 듯 반듯반듯 네모진 밭에는 바닷물이 출렁거렸다. 물을 올리는 물레방아는 쉴 새 없이 돌아가고, 창고에는 소금이 가득했었다.

소금으로 하얗게 빛나던 염전은 텅 빈 들판으로 변해있고 군데군데 야생화가 피었다. 소금 창고가 있던 곳을 기웃거려본다. 깨진 타일 조각들만 이리저리 굴러다닌다. 허망하다. 조금이라도 옛 모습을 찾아 볼 수 있을까 걸어본다. 그물보관 창고에 도착한다. 지붕과 기둥 형태만 남아있고, 바닥에는 찢어진 그물이 이리저리 뒹굴고 있다. 바닷물 찰랑거리던 예전의 모습은 어느 곳에서도 찾을 수 없다.

하늘을 바라본다. 하늘은 변함없이 전과 같은데 어쩌면 그리도 옛 모습을 찾아 볼 수 없단 말인가. 염전 옆으로 작은 오솔길이 4킬로쯤 이어졌는데 그 자리에 큰 도로가 뚫리고 쉴 새 없이 차가 달리고 있다.

돌아서서 협궤철로가 있는 곳으로 돌아온다. 전에는 철로 밑으로 물이 흐르는 것이 보여 아래를 바라보면 아득해서 떨어질까 겁을 내면서 다리를 건넜다. 지금은 다리 양쪽에 난간이 세워지고 철길 위로 철판을 깔아놓아, 아이들도 노인들도 마음 놓고 이야기하며 건널 수 있도록 만들어 놓았다.

다리를 건넌다. 하얀 조약돌처럼 포구 옆에 갈매기들이 앉아있다. 다리중간에서 과자를 던져본다. 반응이 없다. 다시 한 번 던져본다. 조약돌처럼 깔려있던 갈매기들이 한꺼번에 일어나 과자를 낚으러 날갯짓을 하며 물위에 앉았다 날았다 한다. 먹이를 스스로 해결하려 하지 않고, 주는 먹이에 만족하며 살아가는 살찐 갈매기. 변한 것은 그뿐일까.

작은 것에 만족하며 살아가던 사람들, 어려웠지만 정으로 살았던 옛날이 그리워진다.

포구가 보이는 식당으로 들어간다. 낚시하는 젊은 연인들, 지저분한 포구에 닻을 내린 작은 배들, 던져주는 과자 부스러기를 찾아 날갯짓하는 갈매기, 모두 낯설어 보인다.

물레가 돌아가던 염전, 바닷물이 넘실거리던 소금밭, 물이 난간까지 넘실대던 작은 나룻배, 나룻배에 앉아 바닷물을 움켜쥐어 보던 그 맛도 지나가 버린 옛이야기다.

산 물고기를 고추장에 찍어먹으면서 맛에만 관심을 두는 비정함에 안타까운 마음이 든다.

세월 따라 변하는 것이 인지상정일 텐데, 나는 왜 변한 모습에 이리도 허전하고 속이 상하는 것일까. 어쩌면 부질없는 나의 욕심인지도 모른다. 소래의 모습도 갈매기도, 사람들의 마음도, 변화하는 것을 당연한 걸로 여기며 오늘도 살고 내일도 살아야지. 자리를 털고 일어난다.

3

어머니의 기도

길 양쪽에 꽃들이 피어있고 이곳저곳에 예수의 성화가 걸려있다.
성인들의 숨결이 느껴진다.
양산 하나 들지 않은 일행은 비탈진 언덕을 오르면서도 힘들어하지 않는다.
어머니는 언덕에 앉으며 그 곳에서 기다리겠다고 하신다.
나는 어머니의 손을 잡으며 먼빛으로 바라만 보자고 말한다.
흐르는 땀을 닦지도 않으면서 성화 앞에서 기도하는 모습을
어머니와 나는 먼빛으로 본다.
가까이에서 성화는 보지 못해도 그들의 모습에서 성화를 본다.
어머니는 바라보는 것만으로도 기뻐하신다.

       - 본문 중에서

빨래터

어린 시절 빨래터에 가는 엄마를 따라 냇가에 자주 갔다. 맑은 물이 흐르는 냇가에는 작은 돌들이 많았으며, 커다랗고 반듯한 큰 돌들은 흐르는 물 옆으로 나란히 놓여 있었다. 빨래터에는 항상 여자들이 많았다. 나이 어린 꼬마로부터 할머니까지…. 빨래터 옆에는 커다란 드럼통이 굴뚝을 달고 있었다. 굴뚝에서는 연기가 나고, 드럼통 안에는 빨래가 끓고 있었다. 삶아주는데 한 가지에 얼마씩을 받았다. 그 시절에는 무명으로 지은 옷을 입은 사람이 많았으며, 더러움이 잘 지워지지 않아 빨래를 삶아 빨았다. 뚱뚱하고 농담을 잘 하는 빨래 삶는 아주머니를 사람들이 좋아했다.

양잿물이 섞인 검은 비누는 빨래를 많이 하면 손 껍질이 벗겨져 상처가 생겼다. 젊은 엄마를 따라온 아가들은 돌멩이를 가지고 놀았고, 노인네들은 바위에 앉아 빨래하는 여인들을 바라보며 쉬었다. 여자들의 웃음소리와 말소리는 방망이 소리와 함께 멀리 멀리 퍼졌다. 평소에는 말이 없고 조용하던 엄마도 빨래터에만 오면 말소리도 커지고 웃음소리도 커졌다. 팔을 걷고 방망이질을 힘차게 하는 모습을 보면 나도 덩달아 신이 났다. 동네의 크고 작은 소식도 이 빨래터에서 전해졌다.

물 속에는 송사리 떼들이 몰려다니고, 다슬기도 보였다. 좀 큰 아이들은 고무신으로 송사리도 잡고, 돌멩이를 물에 던지며 놀았다. 겨울이 오면 냇물은 얼고 얼음 밑으로 물이 흘렀다. 빨래하러 온 사람들은 방망이로 얼음을 깨고, 빨래를 하였다. 고무장갑도 없던 시절이라 빨갛게 언 손을 입김으로 녹였다. 아이들은 두텁게 언 얼음 위에서 썰매를 타고, 외발로 얼음 위를 달리기도 했다.

여름날 밤 빨래터는 목욕터로 변했다. 남자들은 빨래터 위쪽에서, 여자들은 아래쪽에서 목욕을 하였다. 자동차가 지나가면 그 불빛에 물속으로 숨었고, 달이 뜨는 여름밤에는 휘파람 소리가 요란했다.

빨래터 옆으로 징검다리가 하나 놓여 있었다. 돌다리는 우리의 놀이터였다. 건너갔다 건너왔다 계속해서 뛰어 넘었다. 사내아이들은 바지를 걷고 놀다가 바지를 바위에 벗어놓고 놀고, 계집아이들은 치마를 손으로 안고 놀다, 나중에는 속옷 속에 집어넣고 놀았다. 하지만 집으로 돌아갈 때는 흠뻑 젖어 꾸중을 들을 걱정을 했다. 그때 함께 놀던 순돌이, 막내, 상철이는 다 어디에서 살고 있을까. 하나 둘 눈에 띄는 흰머리를 뽑으면서 그 애들을 생각한다. 얼마나 변했을까 문득 보고 싶어진다.

　지금은 빨래터의 드럼통도 넓은 바위 돌도 흔적 없이 사라지고, 징검다리가 놓여있던 자리에는 큰 다리가 놓였다. 정리되지 않았던 뚝방 길은 철따라 꽃이 피고 물 옆으로 산책로도 생겼다. 하지만 거울처럼 맑던 시냇물은 회색빛으로 변했고, 그 속에서 놀던 송사리와 다슬기도 사라져 버렸다. 그 물이 맑다고 한들 지금 누가 그 물 속에 뛰어 들겠는가.

　산업이 발달한 지금, 우리는 얻은 것도 많지만 잃어버린 것 또한 많다. 옆집에 누가 살고 있는지도 모를 정도로 담을 쌓고 사는 세상이 된 것도 그 옛날의 빨래터가 없어졌기 때문이 아닐까 하는 엉뚱한 생각도 한다.

　빨랫감을 들고 손빨래를 해 볼까 하다 세탁기 단추를 누른다. 지금은 세제의 종류도 많으며, 얼마나 편리해진 세상인가. 그래도 그 옛날이 그리워짐은 어인 일일까. 불편하고 어려웠지만 정 하나로 살았던 세월이기에 그러하리라. 세탁기 돌아가는 소리를 옛날 빨래터의 방망이 소리, 여인네들의 웃음소리를 환청으로 들으며 사라진 빨래터를 그리워한다.

아름다운 사람

얼마 전 지인이 호스피스협회에서 상을 받게 되었으니 식장에 와 축하해 달라는 전화를 했다. 나는 축하의 말을 전하고 시상식에 꼭 참석하겠다고 약속을 했다.

식장 안에는 축하 분위기가 잔잔히 흐르고 있었다. 수상자들을 축하하기 위해 온 많은 사람의 얼굴에 어린 밝은 빛, 맑은 웃음소리, 여기저기 보이는 꽃다발…. 수상 내용은 비행청소년 상담봉사와 호스피스 봉사상인데, 나를 초대한 이는 12년 호스피스 봉사상을 받는다. 단상에 올라 있는 수상자들의 표정이 밝아 보였다.

시상식에서 '나눔의 비의'라는 제목의 축사를 참으로 감명 깊게 들었다. 내용은 자신이 살아온 이야기였다. 초등학교 때 집안이 어려워 도시락을 가지고 다닐 형편이 못 되어 점심시간이면 언제

나 운동장을 맴돌며 시간을 보냈다. 그런데 4학년 어느 날 점심시간이었다. 여느 날과 같이 교실 문을 나가는데 담임선생님이 불렀다. 선생님은 도시락밥 반을 도시락 뚜껑에 덜어 내밀며 함께 먹자고 숟가락을 쥐어주었다. 어린 눈으로 보기에도 작은 도시락의 밥은 혼자 먹기도 부족해 보였다. 눈물이 나서 그 밥을 먹지 못했다.

수업이 끝나 교실 문을 나서려는데 또 선생님이 불러 세웠다. 선생님은 손을 잡더니 선생님 하숙집에 가자고 했다. 하숙집에 도착한 선생님은 마당 귀퉁이 펌프에서 물을 품은 뒤, 웃옷을 벗고 등목을 하셨다. 그러고는 '너도 하렴' 하며 억지로 웃옷을 벗기고 등목을 시켜 주었다. 그날 선생님이 사준 자장면은 그때까지 먹어본 음식 중에 가장 맛있는 것이었다. 그 전에는 항상 '양 양 가'에서 머물던 학교 성적이 그 뒤부터 '우 수 수'로 변했다. 전에는 귀에 들리지 않던 선생님의 목소리가 그날 이후부터 크게 들렸다. 어려운 중에 대학에 가고 나중엔 박사도 되었다고 말하는 그분은, 그동안 많은 선생님들을 만났지만 성함을 기억하지 못하는데, 4학년 때 담임선생님의 성함만 기억할 뿐이라고 했다. 그때 담임선생님의 사랑이 자신의 인생을 바꿔 놓았다며 남을 위하여 많은 시간 봉사하시는 여러분을 진심으로 존경한다는 말로 축사를 마쳤다.

시상이 끝나 상패를 받고 내려오는 지인은 쑥스러운 듯 미소를 지었다. 그녀를 만난 지가 어언 십 년이 되었다.

십 년 전 사회교육원 원우로부터 만나자는 전화가 왔다. 약속한 전철역에 나가보니 원우는 다른 네 분과 함께 있었다. 그들과 수 인사를 나누자마자 그 중 한 사람이 반갑게 내 손을 잡으며 미소를 지었다. 첫인상이 따뜻한 느낌으로 다가왔다. 그 사람이 오늘의 지인이다. 그 후부터 주일마다 만난 세월이다.

어느 날 지인의 집에 가본 적이 있다. 허리를 다쳤다는 연락을 받고 찾아간 병문안이었다. 방 안에 들어선 나는 깜짝 놀랐다. 얼굴도 희고 머리도 흰 깡마른 노인이 누워 있기 때문이었다. 구순이 넘으신 시아버지로 남편과 사별한 후 오랫동안 홀시아버님을 모시고 살아왔다고 했다. '홀시아버님을 모시기란 나막신 신고 벽 타기만큼이나 어렵다는 옛말도 있는데, 그동안 시아버지 이야기는 한 마디도 한 적이 없었다. 가끔 날이 어두워지면 당황한 표정으로 바삐 집으로 가던 생각이 났다. 허리를 다쳐 밥도 지을 수 없는데 얼마나 힘들까 하는 걱정이 앞섰다. 가지고 간 콩나물로 죽을 끓였다. 부풀어 오른 죽이 너무 되직하여 물을 여러 번 넣다보니 솥으로 가득 차게 되었다. 함께 먹고도 많이 남아 걱정했는데, 내가 다녀간 사흘 동안 줄곧 콩나물죽을 먹었다고 하면서 크게 웃었다.

항상 밝게 웃으며 두 손을 붙잡고 안을 듯이 반가워하는 그분. 그분은 칠십이 가까운 나이에 중·고등학교과정 검정고시에 합격 하였다. "어머니 대단하셔요." 하는 아들 말에 가장 보람을 느꼈 다 한다. 지금 지인의 나이 일흔넷이다. 시아버님은 돌아가시고 여전히 병원 호스피스 봉사, 시각장애인 양로원 봉사, 도서관 도 서 정리로 겨를 없이 지내고 있다.

그분이 시상식에 나를 초대한 것은 자신이 상 받는 걸 자랑하기 위해서가 아님을 안다. 무언가 깨달음을 주기 위한 초대이었으리 라. 그녀의 미소에는 많은 이야기가 들어있는 것 같다. 방문조차 거부하던 환자들, 그들의 모습에서 느끼던 절망적인 슬픔과 아픔, 그들을 위로하기에는 너무나 나약한 인간의 한계. 죽음을 앞둔 환자들은 대부분 처음에는 놀라고, 분노하고, 좌절하고, 타협하 고 그리고 나서야 자신의 이야기를 받아들인다. 그들에게 조금이 라도 도움이 되고자 눈물로 기도하던 지인을 여러 번 보았다. "축 하드려요." 하며 꽃다발을 전했다.

행사장을 나오니 거리에는 어둠이 내리고 있었다. 어두운 세상 에 가로등 불빛처럼 환하게 비추는 지인의 생활에 감동하며 손을 꼭 잡는다. 손을 통해 느껴지는 따스함이 가슴속까지 전해온다.

엄마의 고향

관광버스를 탄다. 메밀꽃 필 무렵을 쓴 이효석의 고향 봉평 메밀밭을 보기 위해서다. 출발한 지 3시간 만에 버스에서 내린다. 작가의 생가를 먼발치에서 보고 물레방아도 보고 그리고 허 생원이 사랑했다는 망아지도 만난다. 허 생원이 평생 가슴에 안고 지내던 여인은 찾을 수 없었지만 처음이자 마지막으로 만났던 물레방앗간을 들어가 본다.

선생의 생가 주변 들녘은 이곳이나 저곳이나 하얗다. 눈이 내려 쌓인 듯 보이는 꽃무더기에 모두 환호성이다. 사람들은 메밀밭에 들어가 만져보고 꽃에 얼굴을 대보기도 한다. 멀리 수녀 두 사람도 메밀밭을 걷고 있다. 한 폭의 수채화다. 수녀가 쓴 흰 베일과 흰 꽃의 어우러짐에 나는 눈을 감았다 다시 뜨고 본다. 메밀밭

안에 두 다리를 뻗고 앉아서 얼굴까지 꽃 속에 묻어 본다. 흰색밖에 보이지 않는다. 요란하지도 예쁘지도 않은데 숨이 막힐 듯 감동을 주는 것은 어인 까닭인가. 이효석의 소설, 달밤의 메밀밭의 감동이 전해짐인가.

봉평장을 둘러본다. 울긋불긋 깃발처럼 걸려 있는 옷들. 길거리에 늘어놓은 주방기구들. 그 그릇들 속에서 일행 중 한 명이 노란 양은냄비를 찾아낸다. 라면을 맛있게 끓이는데는 양은냄비가 최고란다. 사라져 가는 그릇인데 그래도 꼭 필요한 데가 있나 보다. 필요 없을 것 같은 사람이 어딘가에 필요한 것같이.

강원도 옥수수 맛을 보고 가야 하겠다는 일행을 위해 우리는 봉평 시장을 이리저리 둘러보고 다녔다. 그때 내 눈에 띄는 것이 있다. 빨간 꽈리 다발이다. 사십 년 전 고향에서 본 꽈리를 이곳에서 만나게 되다니 반가운 마음에 발걸음이 멈춰진다. 색이 곱다. 꽃보다 더 곱다. 한 다발 사서 들고 버스에 올라서니 모두 한마디씩 한다. "꽈리네."

서울에 도착해 전철을 타니 사람들의 눈이 내 손에 들린 꽈리다발에 멈춘다. '꽈리네' 하며 미소 짓는 아주머니에게 하나 따주고, 고향에서 꽈리 불던 이야기를 나누는 사람들에게 하나씩 따 준다. 꽈리는 그들의 손에서 봉오리가 째지며 붉고 둥근 얼굴이 나타난다. 나도 하나 따 입에 물어본다. 시큼하고 달달하다.

유년 시절 살던 곳은 초가집이었다. 구기자나무 울타리가 둥그렇게 둘러있고 봄이면 파란 잎이 돋아나 집안이 온통 파랗게 보였다. 잎이 연할 때는 잎을 따 나물로 먹었다. 울타리 밑으로 꽈리 싹이 수없이 돋아났다. 꽈리나무 옆으로 작은 옹달샘이 있었다. 바가지로 뜨는 샘은 늘 물이 넘쳐흘렀다. 가을이 오면 빨간 구기자 열매와 붉은 꽈리가 샘물 위에 떠서 흔들거렸다. 바가지로 떠보면 구기자와 꽈리는 순식간에 사라졌다. 꽈리가 붉어지기 시작하면 동네아이들은 꽈리나무에 붙어서 누가 꽈리를 잘 만드나 내기를 했다. 어쩌다 운이 좋으면 찢어지지 않고 속이 나와 '꽉꽉 꽈르륵' 소리를 낼 수 있었지만 그건 아주 드문 일이었다. 그래도 우리들은 포기하지 않고 꽈리 속 빼는 일을 멈추지 않았다. 보다 못한 어머니는 그만 따라고 쫓으셨다. 우리는 달아났다가 다시 꽈리나무 앞으로 돌아왔다. 그때 옹달샘에서 빨래하던 어머니의 젊은 얼굴도 꽈리처럼 붉었다.

지금 젊은이들에게 꽈리를 아느냐면 고개를 가로로 저으리라. 지금 아이들은 학원가방 두세 개씩 들고 이 학원 저 학원 시간 맞추기에 바쁘다. 내 아이들도 그리 키웠으니까. 꽈리 따서 꽈르륵 불며, 사금파리 주워와 소꿉놀이하던 이야기를 아이들에게 들려준다면 픽 웃으리라. 반세기도 지나지 않은 세월에 달라진 것이 너무 많아 무언가 몽땅 잃어버린 것 같다.

붉은 꽈리 한 다발을 바라보며 미소 짓는 전철 안 사람들도 잠시 어린 시절을 떠올리며 옛날 생각을 했으리라. 메밀꽃밭에서 숨 멎을 듯 감동적인 달밤을 상상하는 것보다, 내게는 꽈리 한 다발이 더 소중하게 느껴진다.

꽈리다발을 안고 집에 들어서니 아들이 "엄마, 꽃도 아니고 나무도 아니고 그게 뭐야." 한다. 아들에게 무어라고 대답해야 할까? 잊고 지내던 엄마의 고향이라고 대답한다면 아들이 알아들을까.

돌아서서 보는 길

가을비가 내린다. 소나기도 아니고 장대비도 아니다. 몸에 착 붙을 것 같은 그런 비가 소리 없이 내린다. 이 비에 가을이 가 버릴까 봐 마음이 조급해진다. 우산을 찾아들고 덕수궁으로 향한다.

덕수궁 뜰이 노란 융단을 깔아 놓은 듯하다. 아직 나무에 매달린 은행잎, 땅에 떨어진 은행잎들이 빗속에서 등불처럼 노랗게 빛난다. 은행나무의 조락은 쓸쓸한 기분을 들게 하지 않고 화사하다. 빗속에서 가을이 저 혼자 무르익어 간다.

은행잎 떨어진 길을 천천히 걷는다. 내리는 비를 마음에 두지 않고 은행잎 가까이 대고 셔터를 눌러대는 사람을 만난다. 좀 더 거리를 두고 바라보는 게 더 낫지 않을까. 가까이 보면 잎에 난 작은 구멍도 반쯤 퇴색한 잎도 눈에 띄어 실망하게 된다. 은행잎만이 아니라 사람도 이와 같다는 생각을 한다.

나뭇잎이 하나 둘 떨어진다. 가볍게 날아서 떨어지는 것이 아니라 무겁게 '툭' 하고 떨어진다. 은행잎이 상처 날까 신발을 벗어들고 걷고 싶다. 한참을 걷다가 뒤돌아보니 지나온 길은 더 노랗다. 비 내리는 회색빛 하늘 아래서도 은행나무는 제 빛을 잃지 않고 뜰을 황금빛으로 물들인다.

나무에 기대어 본다. 빗물에 젖은 나무는 차갑다. 하지만 따뜻하고 정겹게 느껴진다. 떠나면서도 열매와 아름다움을 선사하는 나무에게 감동한다.

인생의 가을에 서서 계절의 가을을 바라보는 나에게 은행나무는 무언가 알려 주는 듯하다. 지금까지 살면서 누구에게 즐거움과 기쁨을 주었나 하고 자신을 돌아보게 한다.

궁 안을 한 바퀴 돌아본다. 버섯코처럼 날렵하게 올라간 추녀와 용마루를 타고 내려온 까만 기왓장 그리고 창호지로 바른 문살은 언제 보아도 고풍스럽다. 올 때마다 눈여겨보았던 뜰의 느티나무를 찾아간다. 그 나무아래 늘 놓여있던 의자가 보이지 않는다. 순간 아득해지면서 가는 가을을 안타까워하며 서성이던 노란 길도 보이지 않는다. 떨어진 은행잎을 주워 손안에 감싸 준다. 하나 됨을 느낀다. 고운 색으로 몸 바꾼 은행잎처럼 나도 새로운 세계를 꿈꾼다.

자동판매기에서 커피 한 잔을 뽑아들고 큰 나무 아래로 간다.
비와 낙엽과 커피의 향이 어우러져 묘한 감흥 아니 맛을 불러일으
킨다. 아! 바로 이게 가을 맛이로구나.

덕수궁 문을 나와서 궁 뒤 돌담길을 바라본다. 은행잎은 돌담길
에도 노란 칠을 마음 내키는 대로 하고 있다. 찻길은 일방통행으
로 바뀌고 인도가 따로 만들어졌으며, 그 한 가운데 의자와 탁자
가 놓였고 띄엄띄엄 작은 은행나무가 서 있다. 젖은 은행잎과 열
매는 길뿐 아니라 탁자와 의자를 덮고 있다. 그리고 달리는 차를
덮고 거리를 덮는다.

지나가는 차 위에 은행잎이 한두 잎 얹히고 바람이 지날 때마다
노란 잎이 거리를 덮을 듯 떨어진다. 비가 오지 않았다면 자동차
바퀴에 은행잎이 휘말렸을 것이다. 마른 잎이 날아가며 자동차
바퀴에 휘말리는 상상을 하다 예전에 보았던 영화 ≪만추≫의 한
장면을 떠올린다. 수많은 낙엽이 바람 따라 움직이고 낙엽이 떨어
진 의자에 앉아 약속한 사람을 한없이 기다리던 여인의 모습은,
오랜 시간을 지나도 잊히지 않는다.

돌담을 끼고 걷다 아쉬운 마음을 남긴 채 되돌아선다. 돌아오며
걷는 길은 또 다른 맛을 느끼게 한다. 발길에 밟히는 노란색, 그
위에 겹쳐지는 또 다른 노란색, 거리가 온통 황금 밭이다. 나는

동화 속에 황금 옷을 입은 주인공이 된다. 발끝에 느껴지는 눅눅함도 빗물에 젖은 옷자락의 축축함도 지금 이 기분을 **빼앗아** 가진 못한다. 짧은 시간이지만 이런 행복을 느낄 수 있다면 그 어떤 고통도 견뎌낼 수 있으리라.

노란하늘 노란 길이 함께 한 고궁
노란등불을 켠다
노란빛 눈부셔 두 눈 감는다
감은 눈에 어리는 노란 향기
노란 꽃으로 피어난다
두 손 가득 주워든 노란 잎
가슴으로 익히는 노란 이야기
되돌아보는 세월도 노랗게 물들어가고
내 얼굴에 고이는 노란 서러움

은행잎이 우산에다 노란무늬를 제멋대로 그린다. 좀 더 멋진 무늬를 만들어 볼까하고 우산을 흔들어 보나 옴쭉도 하지 않는다. 세상살이를 어찌 내가 원하는 대로 만 할 수 있을까. 그냥 놔두자.

황금 같은 하루

군대에 가 있는 큰아들이 휴가를 온다는 날이었다. 애타게 종일 기다려도 소식이 없더니 어두워질 무렵에야 "엄마" 하면서 들어섰다. 졸이고 걱정되던 어미의 마음은 순간에 사라졌다. 그날 밤부터 친구들과 어울린 아들은 며칠이 지나도록 얼굴만 겨우 몇 번 보여 주었다.

부대로 돌아 갈 날이 하루 남은 아침에 함께 나들이 가자고 한다. 아들과 함께 인천으로 향한다. 바다를 보기 위해서다. 전철 안에 많은 사람들이 여러 모습으로 앉아 있기도 하고 서 있기도 한다. 사람들이 자꾸 우리를 바라보는 것 같다. 나는 일부러 아들에게 말을 걸며 다정한 모자 사이임을 은근히 자랑한다. 주위를 둘러보나 모자 사이로 보이는 승객은 없다. 이 사람 저 사람 바라보는 동안 종착역인 하인천에 도착한다.

전철에서 내린 우리는 월미도에서 영종도로 가는 배를 탄다. 자동차도 이삼십 대 실을 수 있는 큰 배는 십분 만에 영종도에 도착한다. 배에서 내리니 바로 어시장이다. 조개, 새우, 멍게, 도루묵, 준치, 장어 등 살아있는 물고기들이 팔려가기를 기다리고 있다.

을왕리 해수욕장으로 가는 버스에 올라선다. 우리는 버스에 몸을 맡긴다. 비행장 건설을 시작하지 않았을 때에는 1시간이 넘게 걸렸는데 오늘은 40분밖에 걸리지 않는다. 도로는 잘 정리되고 깨끗하며 폭도 넓어지고 좋아졌다. 넓은 갯벌에서 낙지와 장어 잡던 사람들의 모습은 사라지고 그 자리에 바닷물만 넘실거린다. 지난날 자연 그대로의 모습을 볼 수 없게 되어 허전하다.

해수욕장에 내리니 끝없는 바다, 모래밭, 맑은 하늘, 갈매기 떼가 보인다. 끝이 보이지 않는 바다를 보니 가슴이 활짝 열린다. 피서철이 지난 해수욕장은 한가롭다. 철 지난 해수욕장엔 모터보트만 물보라를 일으키며 바닷물을 가르고 있다. 모래밭을 걷다가 배를 묶어 놓은 밧줄에 걸려 넘어진다. 넘어진 엄마는 보지도 않고 모래에 떨어진 사진기만 집어 들고 아들은 이리 털고 저리 털기에 정신이 없다. 엄마보다 사진기가 더 소중한가 슬그머니 서운한 생각이 든다. 서너 장밖에 찍지 않은 사진기는 작동이 되지 않는다.

어린 아들을 데리고 온 젊은 엄마는 간혹 눈에 띄지만 다 큰아들과 함께 온 엄마는 나뿐이었다. "다 큰 아들과 온 엄마는 보이지 않는구나." 하니 씩 웃으며 "나 말고 누가 엄마랑 놀아 준대요." 한다. 듣고 보니 그도 그렇다. 젊은 엄마는 아이들과 놀아주고 다 큰 아들은 엄마와 놀아준다. 순간 가슴이 벅차오른다.

해수욕장을 끼고 바닷가를 걸을 수 있도록 작은 뚝길을 만들어 놓았다. 울퉁불퉁한 바윗길을 이리 뛰고 저리 건너며 자연의 아름다움에 감탄한다. 바다 위에 갈매기들이 물위를 스치듯 내렸다 올랐다 그림을 그린다. 아들이 그만 돌아가자고 말한다. 나는 좀 더 있고 싶은데 아들은 별로 즐겁지 않은 모양이다. 아들나이 22 살. 엄마하고 갯가를 걷기에는 나이가 많은 듯 싶다. 그래도 오늘 엄마와 놀아 준 아들이 고맙다.

돌아오는 버스에 몸을 싣는다. 의자에 앉자마자 잠이 든다. 뱃고동 소리에 눈을 뜨니 선착장에 도착해 있다. 갈매기에게 던져 주려고 뻥 과자를 한 봉 사들고 배에 오른다. 바다를 좀 더 보기 위해 층계가 가파른 3층으로 올라선다. 지는 해는 황금색의 비단 옷감을 물위에서 흔들고 있는 듯하다. 신비롭다.

뻥 과자를 갈매기에게 주려고 바다로 던지는 순간, 앞으로 불던 바람은 순식간에 방향을 바꾸어 뻥 과자를 배 안쪽으로 날려 보낸다. 어른 손바닥만 한 과자는 배 안에서 날아다니기 시작한다. 사람들은 과자를 잡으러 이리저리 돌아다니고, 눈이 큰 승무원도 언제 왔는지 얼굴이 붉어진 채 따라다니며 잡는다. 내가 하지 않은 듯 시치미를 뗀다. 그런데 승무원은 내 손에 남아있는 뻥 과자를 보더니 얼굴을 찡그리며 "과자를 배 안에 던지면 어떻게 해요" 한다. 한 마디 할 듯 하던 아들은 가만히 있고, 주위에 있는 사람들은 재미있는지 웃기만 한다.

월미도에 내려 바다가 보이는 거리를 걷는다. 지는 해는 바다를 붉게 물들이더니 어느새 물속으로 사라져버린다. 어둠이 내리는 바닷가의 풍경은 낮과 또 다른 세계다. 젊은이들 쌍쌍이 거리를 메우고 있다. 문득 아들의 눈을 보니 그들을 부러워하는 눈치다. 어쩌면 그건 나만의 생각인지 모른다. 여자 친구 아직 없는 아들이 내겐 불만이다. 거리의 상가에선 음악소리가 요란하고 번쩍이는 불빛은 바다를 더 신비롭게 만든다. 나이든 내 맘도 들뜨는데 젊은 아들의 속마음은 어떨까.

거리의 손수레에는 소라, 번데기, 고동, 튀김, 핫도그 따위가 그득하다. "얘야 우리 뭐 하나 먹을까?" "길에서 뭘 드시려고 해요, 미관상 위생상 좋지 않습니다." 한다. 이렇게 멋이 없으니 여자 친구가 아직 없는 것이겠지 "나라도 너하고 친구 안 하겠다." 아들이 듣지 않게 중얼거린다.

집으로 돌아오는 전철 안에서도 아들은 이 사람 저 사람 돌아본다. 사귀고 싶은 아가씨가 있을까 두리번거리는 것은 아닐까. 한참 뒤 아들은 "엄마, 저 오늘 기분 괜찮았어요." 하며 내 손을 잡는다. 황금 같은 하루를 엄마와 함께 해 주느라 얼마나 지루했을까. 이제까지 어린애로만 알았던 아들의 이 한 마디에 가슴이 뭉클해진다. 나도 모르게 힘을 주어 아들의 손을 꼭 잡는다.

어머니의 기도

    성당 주보에 성지순례 광고가 한 달에 한 번씩 오른다. 매번 그냥 지나치다 이번에는 한 번 가 보리라 하고 표 두 장을 샀다. 표를 산 날로부터 작은 걱정거리가 생겼다. 누구랑 함께 가야 할 텐데 누구하고 갈까 이 사람 저 사람 함께 갈 사람을 마음속으로 물색해 본다.

    문득 친정어머니 생각이 났다. 다리가 아프신데 걸을 수 있을까 걱정이 되었는데 같이 가자는 청에 어머니는 생각보다 더 기뻐하신다. 이번 순례코스는 갈매못, 수리치골, 그리고 홍성읍성 성지 세 곳이다. 출발하는 날 일찍 준비를 마친 어머니는 오히려 나를 재촉하신다.

    버스 안에서 기도와 순교자의 수난사를 들으며 홍성읍 성지에 도착한다. 해미읍성은 810미터의 성곽과 조양문이 사적 211호로 지정되어 있다. 읍성내에 감옥 터, 객사 그리고 동헌이 있다. 이곳에서 고문하기도 하고 처형하기도 했다. 80명의 순교자 명단이 전해진다고 안내인은 말한다.

다음 목적지인 갈매못 성지의 11시 미사시간을 맞추기 위해 서둘러 차에 오른다. 성지 안에 들어서니 커다란 예수 석상이 두 팔을 벌리고 서서 어서 오라고 맞아준다. 그 석상 안쪽으로 작고 아담한 성당이 있다. 서해안 지역에서 유일한 성지로 제대와 기념비가 설치된 곳이다.

성당 안에 들어선다. 무릎 맞춰 100명 정도 앉으니 뒤까지 가득 찬다. 제대 앞에는, 작은 나무십자가 하나 걸려있고 창문으로 들어오는 햇살이 그 십자가를 비춘다. 이곳에서 순교한 성인들의 영정이 벽 양쪽에 붙어있다. 풍금 한 대 없는 작은 성당에서 무반주로 찬송은 시작되고 젊은 신부가 강론을 한다. 이곳에는 신도가 한 명도 없다고 하며 순례자 여러분이 미사를 드리는 순간 이곳의 주인이 된다고 말한다. 작년까지는 이곳에 찻길이 나지 않아서 찾아오는 이도 몇 안 되었다고 한다.

이 갈매못 성지는 1866년 3월 20일에 3명의 신부와 2명의 회장 그리고 평신도 500명이 처형된 곳이다. 지금도 이곳저곳에 그분들의 유해가 나뒹굴고 있을지도 모른다고 한다. 그 말에 어머니는 눈물을 흘리며 기도하신다. 무릎 꿇고 앉아 있기가 힘이 든다. 아픈 다리로 얼마나 힘이 들까 걱정되어 바라보니 아픈 기색이 전혀 보이지 않는다. 어머니의 신앙은 이 정도이다. 무조건 믿으신다. 나 같은 반쪽짜리 신자는 십자가 앞에서보다 어머니 앞에서 더 죄인이 된다. 세상 밖에 한 발을 내놓고 세상 속으로 들어갔다 나왔다, 마음 가는 대로 살아가는 나를 볼 적마다 나무라신다.

미사가 끝난 뒤 이곳에 참석한 모든 이들은 뜰에 앉아서 가지고 온 도시락을 먹는다. 밥을 먹으며 어머니는 어린아이처럼 즐거워하신다. 식사가 끝난 뒤 주위를 둘러본다. 보이는 것은 바닷물과 갯벌, 자갈밭 그리고 산뿐이다. 순례자들이 썰물처럼 빠져나간 뒤 이곳은 얼마나 적막할까. 잠시 기념비 앞에서 묵상한 뒤 다시 차에 오른다.

두 시간쯤 달리던 차는 산 속으로 계속 들어간다. 깊은 산 속에서 버스는 멈춘다. 이곳이 '충남 공주시 신풍면 공갑리'에 있는 수리치골로 오늘의 마무리 순례지다. 길 양쪽에 꽃들이 피어있고 이곳저곳에 예수의 성화가 걸려있다. 성인들의 숨결이 느껴진다. 양산 하나 들지 않은 일행은 비탈진 언덕을 오르면서도 힘들어하지 않는다. 어머니는 언덕에 앉으며 그 곳에서 기다리겠다고 하신다. 나는 어머니의 손을 잡으며 먼빛으로 바라만 보자고 말한다. 흐르는 땀을 닦지도 않으면서 성화 앞에서 기도하는 모습을 어머니와 나는 먼빛으로 본다. 가까이에서 성화는 보지 못해도 그들의 모습에서 성화를 본다. 어머니는 바라보는 것만으로도 기뻐하신다. 몸이 성치 않으니까 집에만 계시라 했으면 얼마나 서운하였을까.

1846년 프랑스에서 온 페레올고 주교가 이곳에 숨어살면서 예수성심회를 시작하였다. 지금도 깊은 산중인데 200년 전에는 첩첩산중이었으리라. 언덕 위 곳곳에 그분들이 살던 흔적이 보인다. 산속에는 아름드리 유실수도 많고 바가지로 물을 뜨는 우물도 있다. 논은 없지만 밭이 많은 것도 그때부터 연관된 일인 듯하다.

힘들게 걸으면서 기도하는 어머니는 행복해 한다. 이곳에 숨어있던 파레올고 주교도 갈매못에서 순교하였다. 신앙을 지키기 위해 목숨도 버린 옛 성인들과 신도들에게 고개 숙인다. 옹달샘에서 물을 한 모금씩 마신 일행이 차에 오른다.

집으로 돌아오는 버스 안에서 어머니는 묵주를 손에 들고 연신 눈물을 훔치며 기도하신다. 이 나이 들도록 건강하게 돌보아 주신 데 대한 감사의 눈물일까 아니면 옛 성인들과 신도들을 애도하는 눈물일까. 그런데 왜 나는 눈물이 나지 않는 것일까. 얼치기 신자라서일까. 마음이 순수하지 않아서일까. 언제라고 말할 수는 없지만 어머니처럼 깊은 믿음을 가지게 될 날도 반드시 있으리라. 이러한 마음으로 어머니의 기도를 곁눈으로 훔쳐본다.

숲의 사계 · 1

– 겨울 숲

겨울나무가 보고 싶다.

이 겨울을 어찌 지내고 있는지 궁금하여 숲으로 향한다.

오후에 눈이 내린다는 일기예보를 들으며…….

영하로 내려간 기온 때문인지 숲은 텅 비어있다. 사람만 보이지 않는 것이 아니다. 눈을 크게 뜨고 찾아보아도 까치 한 마리 보이지 않고, 흔하게 들을 수 있는 '까아–악' 소리조차 들리지 않는다. 다 어디로 갔을까. '포롱 포로롱' 거리며 날아다니던 참새도, 두 발 비비던 청설모도, 비둘기도, 까치도 다 어디로 숨었단 말인가.

천천히 숲 속으로 들어선다. 발에 밟히는 가랑잎의 소리는 지난 가을과 같은데 가랑잎의 모습은 까칠하다. 온전한 잎이 남아 있나

하고 갈잎 속을 뒤집어보지만 상하지 않은 잎은 보이지 않는다. 구겨지고, 찢어지고, 상처 난 잎뿐이다. 찬란하고 아름다운 시절도 잠깐인 것 같다. 젊음이 떠난 자리는 사람도 이렇게 초라해 보이리라.

옷을 벗어버린 나무들은 알몸으로 서 있다. 사람들은 예술작품이라며 벗은 모습을 사진으로 찍거나 그림으로 나타낸다. 벗은 나무 모습 또한 아름답다. 나무의 모습을 완전히 볼 수 있는 건 겨울뿐이다. 봄에는 파릇파릇 돋아나는 연녹색, 여름이면 푸르름, 가을이면 단풍의 찬란함. 이 모든 풍경들이 나무 혼자만의 아름다움은 아니리라. 나무들의 골격과 수형을 자세히 본다. 겨울나무는 가식이 없다. 벗은 가지와 마디에서 그들만이 지닌 솔직함을 본다.

그러나 왠지 추워 보인다. 안쓰러운 생각에 나무를 끌어 안아본다. 차가우리라 생각했는데 따뜻하다. 이 숲의 나무들을 한 번씩 안아 주고 싶다는 생각을 한다. 나무와 나무 사이를 걸으며 그들을 가만히 어루만진다. 작은 나무, 큰 나무, 구부러진 나무, 삐뚤어진 나무, 몸통이 굵고 구멍 난 나무…. 그런데 모두가 하나같이 다르다. 검은색, 흰색, 진고동색, 연고동색, 좀 엷은 색, 진한 색…. 여러 가지 색이다. 나무 하나하나에서 그들이 살아온 세월의 흔적을 본다.

세찬 바람이 온 숲을 흔든다. 가랑잎은 바람에 실려 몸을 날린다. 남은 가랑잎들은 무리지어 온몸을 흔들며 춤을 춘다. 혼자 추는 것이 아니고 여러 명이 함께 추는 군무다. 그들만이 표현할 수 있는 몸부림인지도 모르겠다. 그들의 몸짓에 추위도 잊어버린다.

나뭇잎이 무성할 때 이 숲의 하늘은 조각보 한 면을 보는 듯하였는데 지금은 하늘이 숲 안으로 온통 빠져 들어온다. 연회색 하늘이 커다란 호수가 되어 숲을 거꾸로 비추고 있다. 숲은 한 폭의 명화다. 불어오는 바람에 물속의 그림자도 흔들린다.

눈이 내리기 시작한다. 먼지처럼 보일 듯 말 듯 하던 눈송이가 점점 커지더니 앞이 잘 보이지 않는다. 눈송이에 가려진 숲은 안개에 싸인 듯 흐려지고 호수 속의 오솔길도 물빛도 흐려진다. 나무 밑에 놓여있는 둥근 의자도 긴 의자도, 벗은 나무도 그리고 내 머리와 옷도 하얀색으로 바뀐다. 흰색으로 칠해지는 이 숲의 주인은 누구일까.

얼굴이 시리다 못해 아려온다. 뺨을 나무에 대본다. 따뜻하다. 살아있는 생명의 숨결을 느낀다. 떨고 있는 나무에서 그들의 이야기가 들리는 듯하다. 걱정하지 말라고. 이 정도 추위는 견딜 수 있다고, 조금만 참고 기다리면 봄은 머지않아 온다고. 눈보라와 매운바람을 희망 속에 견디며 참는 겨울나무. 우리의 삶에도 이

같은 이야기가 필요하겠지.

바람은 점점 더 세차게 불고 눈송이도 굵어진다. 숲은 안개에 쌓인 듯 보이고 가까이 있는 나무도 부옇다. 좀 더 나무들과 함께 있고 싶은데, 입김이 눈에 보인다. 몸이 얼어버리는 것 같다. 마음 따로 몸 따로인가보다. 지금까지 살아오면서 몸과 마음이 하나였을까. 나 자신에게도 물어보지만, 다른 사람에게도 묻고 싶다. 나무는 어떨까. 내 보기엔 그들은 몸과 마음이 하나로 보인다.

이젠 내려가야지. 미끄러운 빙판길이 걱정된다. 잠시 전까지 이 숲의 나무와 눈과 그리고 가랑잎의 춤에 넋을 놓고 시간 가는 줄 모르던 내가, 돌아서서 내려 갈 길을 걱정하다니…. 가야 할 길에도, 서 있는 숲에도 눈은 펑펑 내려 하얀 덧칠을 한다. 내 마음까지도 하얗게 덮어주면 얼마나 좋을까.

숲의 사계 · 2

- 청송대의 봄

연세대가 자랑하는 청송대 숲을 찾는다.

까치들이 엉덩이를 곤두세우고 한두 마리 또는 여러 마리가 떼 지어 걷기도 하고 날아다니기도 한다. 지난가을 떨어진 갈잎을 소슬바람이 실어 나른다. 까치, 비둘기, 참새, 종달새 소리가 맑고 깨끗하게 들려 깊은 산 속에 앉아있는 듯하다. 뾰족뾰족 돋아나는 상수리 나뭇잎도 벚나무 잎도 새 옷으로 빛난다. 지난겨울 눈바람에 시달린 소나무들도 이젠 몸을 추스렸는지 생생하다.

철쭉이 피는 사월 어느 날 연대에 있는 교수를 찾아뵈려 친구들과 함께 갔었다. 붉게 피어나는 철쭉꽃이 연세대 교정을 불태울 듯했다. 교수님께서는 우리를 붉은 뜰을 지나 청송대로 안내했다. 겨우내 벗었던 나무들이 연두색 옷을 준비하고 있었다. 우리는 새움이 돋아나는 숲 속에 잠시 서서 주위를 둘러보았다. 아름드리 둥치 한 면을 깎아 만든 의자를 보았다. 다른 곳에서는 본 적이 없다. 여기저기 놓여있는 의자에 사람들이 앉아 있다. 비바람의 흔적이 쌓여있는 의자에 앉아볼까 그냥 돌아갈까 망설였었다.

오늘 다시 청송대 언덕을 오른다. 이곳저곳에 나무의자도, 돌로 된 의자도 눈에 띈다. 나무탁자 옆으로 둥그렇게 앉을 수 있도록 바윗돌을 놓았다. 탁자는 나뭇결이 그대로 선명하게 살아있다. 작은 바위에 앉아 주위를 둘러본다. 숲 속에 있는 젊은이들은 돋아나는 나뭇잎처럼 싱그럽다. 뭐가 그리 재미있는지 고개를 젖히며 웃는다. 그 웃음소리는 내게 미소를 짓게 한다. 내게도 저런 날이 있었지. 다람쥐 한 마리가 두 발을 곤두세우다 웃음소리에 놀라 달아난다. 나무 밑에서 운동을 하는 젊은이, 혼자 앉아 생각에 잠긴 젊은이, 책을 읽는 아이, 나이 드신 할머니들도 의자에 앉아 이야기를 나누고 있다. 숲은 젊은이나 나이 든 이나 다 똑같이 편안히 안아 주고 있다.

30년 전 내 모습을 아이들 모습 위에 얹어본다. 나도 돋아나는 연두색 잎이 된다. 가슴 가득 행복감이 고인다. 풀 냄새, 바람소리, 고목 냄새, 새 소리에 저절로 눈이 감긴다.

나무 밑 빈터 여기저기 풀꽃들이 피어있다. 가물어서인지 작은 키가 더 작게 땅에 붙어있다. 그래도 꽃망울은 포기마다 맺혀있다. 풀꽃들은 볼품없으면 없는 대로, 아름다움이 주어지면 아름다운 대로, 자기 몫에 충실하다. 늘 갈증을 느끼며 살아가는 내게 무언가 표현하기 어렵지만 가슴을 따뜻하게 데워주는 듯한 느낌표로 다가온다.

풀꽃 하나를 꺾어 볼에 대본다. 부드러운 감촉이 내 살갗과 가슴에 진한 감동을 준다. 꽃가지를 들고 일어서서 청송대 언덕길을 걷는다. 나이 먹은 소나무들이 군락을 이루고 있다. 나뭇가지 사이를 넘나드는 바람이 싱그러운 솔향기를 나에게 보낸다. 햇볕을 받아 흰빛으로 빛나는 은사시나무도 떡갈나무도 미루나무도 솔향에 취한 듯하다.

한 시인의 꿈의 덩굴도
더 곱게 가지를 치지 못하고
더 가볍게 바람에 스러지지 못하고
더 우아하게 푸른 하늘로 솟지 못하리.

부드러이, 젊고 가냘픈
너는 밝고 긴
가지를 두려움을 감추며
생기 있게 미풍에 걸친다.

소리 없이 흔들리면서

가늘게 전율하는 너는

내게 정겹도록 순수한

첫사랑처럼 보이려느냐.

    – 헤르만 헤세 〈자작나무〉 전문

이 숲이 언제까지 이대로일까. 연세대가 없어지지 않는한 변함 없으리라. 그러나 살아 있는 생물은 다르리라. 청솔모 꿩 참새 까치 그들은 세대교체가 될 것이다. 할아버지 아버지 손자 그 다음 손자 그렇게 세월 따라 이곳을 넘나드는 사람도 달라지리라. 그러나 이 숲 속의 나무들은 변함없이 찾아오는 이들을 지금처럼 말없이 포근하게 맞아 줄 것이다.

숲의 사계 · 3
― 은계곡의 성모상

　어느 해 여름, 남한산성이 있는 산자락 기슭에 있는 고목들이 계곡을 감싸고 푸른빛을 물속까지 나누어 주고 있다. 그 풍치에 "좋다, 너무 좋다"를 반복하며 계곡을 따라 올라갔다.

　계곡을 지나니 낮은 언덕에 작은 교회가 있고 그 안쪽으로 넓은 정원이 보였다. 주인을 찾았으나 아무도 없고 정원은 비어있다. 정원에는 고목이 여러 그루이고 꽃이 여기저기 피었고, 개울물도 흐르고 있다. 뜰 가운데에 조그맣고 예쁜 집이 있으며, 넓은 평상, 화장실, 수도도 있다. 개울을 건너는 다리가 두 개다. 한 개는 나무다리로 산으로 오르는 길이고, 다른 하나는 둥근 다리인데 그 건너에 작은 성모상이 보였다. 우린 잠시 꿈을 꾸는 듯 했다. 동화

나라에 온 게 아닌가 하고. 개울물에 발 담그고 물장구치다 싫증 나면 넓은 정원을 뛰어다니기도 했다. 나이도 잊은 채 한나절을 즐겁게 놀았다. 정원 주인은 누구일까. 기도하는 집을 만들려 했을까. 우리는 여러 가지 추측으로 각자의 목소리를 높였다. 영화 "미녀와 야수에서 그 야수가 이 집의 주인일 거야." 라는 내 말에 "그런가 봐" 하며 모두 웃었다.

집으로 돌아와서도 개울가에 서 있던 성모상이 생각났다. 혼자 갈 수 있는 곳이라면 몇 번은 다녀왔으련만 혼자 가기는 좀 어려운 곳이다. 겨울이 되었다. 맛있는 점심을 사 주겠다는 내 말에 친구가 은계곡에 따라나섰다. 성모상이 서 있는 정원은 짙은 갈잎으로 덮여있고 나무들은 알몸이다. 아름다웠던 집은 먼지가 쌓여 있고 사람들의 흔적도 없다. 나무다리는 가운데가 구멍 나 있고, 둥근 다리는 그대로이나 개울가 성모상은 낡은 옷을 입은 듯 회색 빛이다.

개울물은 살짝 얼어있다. 얼음을 깨고 손수건을 꺼내 물을 적셔서 닦으니 성모상이 조금은 깨끗해 보였다. 그렇게 한다고 얼마나 깨끗해졌을까마는 내 마음이 좀 편안해졌다.

왜 정원을 돌보지 않고 버려두는 걸까. 몇 번씩 뒤돌아보는 나에게 "성모상이 그리도 걱정되니, 그냥 석상일 뿐이야." 친구가 말했다. 화가 났지만 대꾸하지 않았다.

　계절이 바뀌어 여름이 되었다. 친구와 다시 그곳에 갔다. 나무들은 푸른빛을 뽐내고 꽃들도 피어 있었지만 왠지 쓸쓸해 보였다. 곳곳은 지저분했고 나무다리는 반쯤 부서져 있다. 갑자기 어디서 왔는지 중년의 남자가 이곳 관리인이라며 무슨 일로 왔느냐며 꼬치꼬치 캐물었다. 이곳 주인을 만나고 싶다고 했더니 입원중이라 했다. 집과 성모상이 방치되었던 이유를 알 것 같았다. 잠시 구경하고 가겠다 말하고, 잎이 무성한 나뭇가지를 꺾어서 성모상의 먼지를 털었다. 아쉬운 마음만 안고 쫓기듯 정원을 나올 수밖에 없었다.

　겨울이다. 은계곡에 가자고 며칠째 조르니 친구는 마지못해 승낙을 한다. 그리운 이를 만나러 가는 것처럼 마음이 설렌다. 도착해 보니 정원 울타리도 부서져 있다. 다행히 전에 보았던 그 남자는 보이지 않는다. 옷 벗은 나무들이 정원을 지키고 있다. 나무들이 정원주인이다. 갈잎들이 칙칙한 색으로 뜰을 덮고 있어서 정원은 더 어두워 보인다. 평상은 부서졌고 화장실은 못질되어 있다.

　개울가로 달려가 성모상 앞에 선다. 반가움에 손을 잡는다. 차갑다. 한참동안 그대로 서 있으니 따뜻한 온기가 전해오는 것 같다.

　준비해 온 비눗물로 성모상을 닦는다. 찬바람과 찬물에 손이 빨갛게 된 나에게 친구는 "장갑을 끼지" 한다. 그러나 그러고 싶지 않다. 땟물이 흐른다. 하얗게 드러나는 옷자락과 얼굴, 손과 발. 닦다 보니 이끼도 끼어 여기저기 푸른빛이다. 여러 번 닦아도 마음에 들게 닦이지 않는다.

성모상을 닦으며 마음 안에 숨어있는 내 잘못도 닦는다. 내 무관심도 닦는다. 어려운 이웃들을 마음으로 아파하면서도 관심을 갖지 못하는 일. 살아가는 삶 속에 누구나 때 낀 성모상을 가슴속에 갖고 살고 있지 않을까. 무관심 때문에 외면당하는 어려운 이들에게, 우리들이 작은 관심이라도 보인다면, 큰 도움은 되지 않을지라도 따뜻한 온기만은 그들에게 전해지지 않을는지.

바라보고 있던 친구가 한마디 한다. "야, 그만 됐다. 더 이상은 닦이지 않을 것 같다." 닦던 손을 멈추고 바라본 성모상 얼굴이 환하게 빛났다.

숲의 사계 · 4

– 낙엽 쌓인 청송대

깊은 가을이다.

낙엽 지는 연세대의 청송대 숲에 다시 서 본다. 얼마 전까지 이 숲에 가득 차 있던 생기는 눈에 보이지 않는다. 그러나 색색으로 물든 숲을 바라보며 그 아름다움에 감동한다. 밤나무 상수리나무 도토리 떡갈나무에서 떨어진 잎들이 온 숲을 덮고 있다.

낙엽이 쌓인 숲을 걷는다. '사그락 사그락' 낙엽의 비명인가, 아니면 마지막 인사인가. 그들만이 내는 소리의 뜻을 내 정서로는 알 길이 없다. 나뭇가지엔 반쯤 달려있는 단풍진 잎들이 눈에 들어온다. 푸른 듯, 노란 듯, 붉은 듯 표현하기 힘든 아름다운 색을 띠고서.

갑자기 추워진 날씨 때문인지 숲은 텅 비어있다. 지난달에 왔을 때는 밤과 도토리를 줍느라 사람들이 많았는데 오늘은 한 사람도 보이지 않는다. 온 숲을 혼자 독차지한 듯하다. 이게 웬 호사인가.

코트 깃을 세우고 천천히 걷는다. 텅 빈 숲의 주인은 새들이다. 까치들이 까딱까딱 모둠발로 뛰다 날아가고, 참새들 낙엽 위를 종종거리다 포르르 날아간다. 잎이 떨어진 나뭇가지에 까치집만 덩그렇게 눈에 띈다. 둥지 옆 가지에 까치들 제 세상 만난 듯 깍깍 까아—악, 구구구 비둘기 한 무리 날아 왔다 날아간다. 다람쥐도 한 몫 거든다.

잎을 떨군 성긴 가지 사이로 작은 바람이 스치듯 지나간다. 그 작은 몸짓에도 나뭇잎은 떨어진다. 걸음을 옮겨본다. 사스락 사스락 발에 밟히는 소리가 싫지 않다.

소나무가 무리 지어 서 있는 언덕에 오른다. 푸른 소나무들은 계절을 느끼지 못하게 한다. 새 봄의 연두색 옷도 가을날의 아름다운 옷도 갈아입지는 않지만 변함없이 자기 모습을 지키는 소나무에게서 또 다른 아름다움을 본다. 단풍이 다 지고 낙엽이 갈잎이 될 때부터 소나무의 참 모습을 보게 되리라. 다시 낙엽이 쌓여 있는 곳으로 돌아온다. 나무 밑에 놓여있는 둥치의자를 바라본다. 세월의 때에 찌들어 낡고 볼품없었는데, 낙엽으로 무늬진 의자가 고풍스럽다. 환경에 따라 사람도 다르게 보이듯이.

저녁 햇살은 노을을 준비한다. 부드럽게 비치는 햇살은 나뭇가지 사이로 들어와 단풍을 찬란한 무늬로 아름답게 만든다. 햇빛이 닿지 않는 곳의 낙엽과 햇빛의 어루만짐을 충분히 받은 단풍의 색은 차이가 크게 난다. 칙칙함과 눈부시게 빛남으로. 우리가 살아가는 삶 또한 이와 같지 않을지.

낙엽으로 수놓인 둥치의자에 앉는다. 차갑다. 그러나 그것도 잠시, 이내 의자와 한 몸인 양 온기가 느껴진다. 숲에서 마주 보이는 건물을 바라본다. 얼마 전까지 담쟁이덩굴이 건물을 온통 감싸고 있었다. 봄에는 연두색으로, 여름에는 초록으로, 바로 전까지는 붉은 색으로…. 이제는 잎이 다 떨어지고 서너 개만 달랑거린다. 오 헨리의 〈마지막 잎새〉가 생각난다. 지금도 소설처럼 마지막 한 잎이 떨어지지 않기를 간절히 바라고 있는 사람도 어딘가에 반드시 있으리라.

반쯤 잎을 떨어뜨린 성긴 나뭇가지 사이를 비집고 들어 선 저녁 햇살이 둥치의자도, 머지않아 옷 벗을 나무도, 단풍도, 떨어진 낙엽도 모두 부드럽게 어루만진다. 은빛햇살에 내 마음이 편안해진다. 지는 빛에 단풍은 사실보다 더 환상적인 색으로 빛난다.

한 차례 세찬 바람이 숲을 지나간다. 단풍은 떨어지고 떨어진 낙엽은 위로 솟구쳐 오른다. 날아오르는 낙엽을 바라본다. 나뭇잎으로 태어나 피고지고 그리고 떨어져 거름이 되어 다시 나무에게로 되돌아가는 이치를 새삼 되새겨 본다.

낙엽은 쌓여 짚방석을 깔아놓은 듯 폭신하다. 내 발을 덮고 의자와 머리에 하나 둘 보태 얹힌다. 천년을 산다는 학은 세상에 태어나서 죽음에 이르러야 단 한번 운다고 한다. 가장 진하고 구슬픈 울음을 토하듯. 나뭇잎도 마지막 모습이 아름다운 것은 시린 아픔을 몸으로 나타내려 한 것은 아닐까.

사람은 뒷모습이 아름다워야 한다고 했는데, 지금 내 모습은 어떻게 보일까.

얼마 뒤엔 옷 벗은 나무들과 푸른 소나무가 이 숲을 지키리라. 바람도 달빛도 새들도 다람쥐도 조용한 시간, 세상 속의 욕망과 미움을 벗어버린 맨몸으로 이곳에 다시 오고 싶다. 와서 이들 틈에 끼고 싶다.

숲의 사계 · 5
– 밤 한 톨 정 한 톨

연세대가 자랑하는 청송대 숲에 온다. 가을인데도 아직은 가을 같지 않다. 지난 봄날 왔을 때는 온 숲이 연두색으로 물들어 나를 황홀하게 했는데 진초록 숲은 어쩐지 쓸쓸한 기분을 들게 한다.

상수리나무나 밤나무 아래 떨어진 열매가 있나 두리번거려 보지만 눈에 띄지 않는다. 숲을 가로질러 오솔길 따라 걸으며 조그맣게 보이는 하늘을 올려다본다. 앙증맞게 피어있던 풀꽃들의 모습은 어느 곳에서도 찾을 수가 없다. 채 단풍도 들지 않고 떨어지는 병든 잎만 보일뿐. 아름다운 옷도 갈아입지 못하고 먼저 가는 서러움을 남아 있는 잎새들은 알기나 할까. 이름 모를 들풀도 자랄 대로 자라 내 키만 하다. 잎들을 만져 보며 걷다가 한 잎씩 따서 코에 대본다. 쌉쌀한 풀 향기에 시들했던 기분이 바로 상쾌

해진다.

이 숲에서 가장 내 마음을 사로잡는 건 둥근 나무 의자다. 커다란 나무등치를 한 면만 깎아 앉을 수 있도록 만들어 놓은 의자. 할퀴고 씻긴 세월의 흔적이 뚜렷한 의자에서 사람들의 살아가는 모습을 이곳에서도 본다. 이곳에 앉으면 마음이 편안하다. 그리고 정이 간다. 날이 갈수록 초라해지는 의자를 더듬으며 나이테를 하나 둘 세어본다. 몇 십 년쯤 자라다 이곳에 왔을까? 머지않아 내 모습도 이렇듯 닮아 가리라.

천천히 숲을 다시 걷는다. 걷고 있는 나에게 어느 분이 밤 한 톨을 준다. 고맙다고 인사하고 돌아서는 나에게 다시 불러 한 톨을 더 주면서 "아까 드린 한 톨은 밤이고 이번 것은 정입니다."라고 한다. 그 말에 가슴이 따뜻해진다. "감사합니다. 아저씨와 나는 이 청송대 숲에서 마음을 나눈 사람이군요." 하고 웃었다.

둥치의자로 다시 돌아온다. 까르륵 천진한 웃음소리에 소리 나는 곳을 바라본다. 가족 삼 대가 자리를 깔고 앉아있다. 세월의 비바람에 뿌리가 유별나게 튀어나온 나무 아래에서 서너 살 된 아기가 놀고 있다. 뿌리 따라 자동차놀이에 흠뻑 빠져 있고, 할머니와 아기엄마는 아기를 바라보며 웃는다. 무슨 이야기인지 정답게 나누며.

상수리나무와 밤나무 주변에는 떨어진 열매를 줍느라 사람들이 고개를 숙이고 있다. 가끔 나무 위를 바라보기도 하고 발로 나무를 차기도 한다.

유년시절에 살던 고향마을 어귀에 작은 개울이 흘렀다. 그 옆 언덕 위에 어른 두 사람이 맞잡아야 할 정도로 굵은 상수리나무가 두 그루 있었다. 사철 맑은 물이 흐르는 개울에서 어머니는 빨래를 하였는데 그때마다 따라갔다. 물속에는 송사리도 많았고 다슬기도 많았다. 돌멩이를 물속에 던지며 놀기도 하고 신발을 벗어들고 고기를 잡는다고 첨벙거리기도 했다. 그러다 싫증이 나면 상수리나무 밑에 누워 하늘을 바라봤다. 열매가 익어 가는 가을이 되면 바람이 불 때마다 우두둑 우두둑 상수리가 떨어졌다.

나뭇가지 사이로 보이는 하늘은 마치 조각보 한 쪽을 보는 듯하다. 흰 색이 되었다 비취색이 되었다 하늘마음 대로다. 갑자기 어디선가 손전화 소리가 요란하다. 조용한 숲이기에 듣지 않으려 해도 들린다. 현대 문명은 이 숲에도 공해를 일으킨다.

젊은이들이 앉아 있는 의자가 눈에 띈다. 남녀 한 쌍이 하나인지 둘인지 모르게 앉아있다. 내 젊은 날에는 손만 잡아도 큰일나는 줄 알았건만 그 모습이 눈에 거슬리지 않고 자연스러워 보인다. 나이 들면 많은 것에 이해가 간다는데 나도 나이가 드나 보다.

눈을 감고 이 숲에서 만나고 싶은 사람을 손꼽아본다. 나이도 성별도 관계없이 이 숲에 대한 이야기를 나눌 수 있으면 족하다. 이 사람을 만나면 이런 대화가 좋을 것이며, 저런 사람을 만나면 또 저런 말이 필요할 것이다. 한 사람, 한 사람, 또 한 사람, 마음 속으로 이야기를 나누며 혼자 즐거워한다.

주위가 조용하다는 생각에 눈을 떠보니 상수리와 밤 줍던 사람도, 둘인 듯 하나인 듯 앉아있던 젊은이들도 보이지 않고 숲은 텅 비어있다. 짙은 초록으로 물들어 있던 숲이 검은 회색빛으로 묻힌다.

정이라고 받았던 밤 두 톨을 손에 쥔 채 둥치의자에서 일어선다. 이 숲에서 만나고 싶은 얼굴도, 이야기를 나누고 싶던 사람도, 그리고 심장을 압박하며 차고 넘치는 그리움까지도 모두 가슴 깊숙이 묻고 숲을 떠난다. 그리운 날 다시 꺼내 보려고….

4

남편의 신바람

코 고는 남편의 꿈속
잠방이 걸치고 물장구치던 고향이 다가온다

코 고는 소리 따라 움직이는 고향
햇살 좋은 바닷가
자갈밭 위에 부딪치는 눈부신 파도빛
바다는 손을 놓고 낮잠을 잔다

굴 캐러 바닷가 나서는 어머니의 발길
지문조차 닳아버린 어머니의 손끝
가슴 조이는 아득한 살림살이
　　　　－ 〈어머니의 바다〉 일부

하얀 커피 맛

눈이 내린다. 어린 시절 즐겨 불렀던 동요처럼 함박눈이 쉬지 않고 내린다. 팔을 들고 손을 벌리니 금방 손 안에 흰 눈이 가득하다. 거리에는 차들이 엉금엉금 기어간다. 방송에서 30년 만에 내리는 큰 눈이라고 한다. 짧은 시간에 이곳이나 저곳이나 흰색으로 변한다.

우산을 펴들고 덕수궁 안으로 들어간다. 눈으로 뒤덮인 순백의 아름다움에 놀라 걸음을 멈춘다. 큰 나무도 작은 나무도 가지마다 흰 꽃이 피어나고, 쉬지 않고 내리는 눈은 더 큰 송이를 만든다. 작은 돌다리 난간도 의자 위에도, 소복소복 쌓여 가는 눈은 흰 무리떡을 보는 듯하며 김이 모락모락 오를 것만 같다. 궁궐에 용마루도 처마 끝도 고운 선 따라 흰 눈이 얹힌다.

사람들 발자국을 따라 걷지 않으면 종아리까지 눈 속에 빠진다. 벌거벗은 은행나무도 벚나무도 그리고 옷을 입은 사철나무 소나무도 모두 같은 색의 꽃으로 피어난다. 길을 만드느라 눈을 치우는 덕수궁 직원의 힘은 역부족이다. 치우고 돌아서면 쌓이는 눈, 그 눈을 어떻게 감당할 수 있을까. 그냥 버려두고 돌아선다.

많은 사람들이 눈을 바라보며 탄성을 지른다.

눈! 눈꽃! 눈 더미! 넘어지고, 종종거리고, 뒤뚱거리며 걷는다. 카메라를 등에 멘 사람, 목에 건 사람, 모두 눈 속에서 사진 찍기에 바쁘다. 나도 그들 틈에 끼어 몇 장을 찍다보니 카메라까지 눈덩이가 된다. 우산을 받쳤으나 내리는 눈을 감당하지 못한다. 흔들어 털고 나서, 다시 받쳐보나 곧 하얀 색으로 바뀐다. 무거워 다시 털고 받기를 반복한다. 사람들 틈에 섞여 궁 안을 돌다가, 눈 덮인 숲 속에서 걸음을 멈춘다. 아름답다! 더 아름다운 형용사를 찾아보지만 적절한 말이 떠오르지 않는다.

하얀 나무 밑에 하얀 의자 그 위에 앉아본다. 마치 솜 방석에 앉은 듯 폭신하다. 참새가 두어 마리 날아가다 나뭇가지를 건드린다. 분수대에 물이 품어 내리듯 앞이 보이지 않게 눈이 쏟아진다. 하얀 궁전 하얀 정원에 흰옷을 입은 눈의 여신이 되어, 하얀 의자에 앉아있는 착각에 빠진다.

커피 자판기 위에도, 자판기 앞에도 수북이 쌓인 눈, 발자국도

순식간에 덮어 버린다. 한 잔의 커피를 위해 무릎까지 빠지는 눈 속을 걸어간다. 눈 뒤집어쓴 우산을 받고 눈 꽃핀 정원을 바라보며 마시는 커피의 맛은 어떤 맛일까? 커피가 담겨있는 컵을 하늘을 향해 들어본다. 커다란 눈송이가 컵 속에 빠진다. 들여다보니 눈은 작은 기포만 남고 흔적 없이 사라진다. 한 모금 마셔본다. '아! 이 맛은 눈의 맛 하얀 맛이다.' "차는 혼자 마실 때가 제1 맛이고, 둘이 마시면 제2 맛이며, 셋 이상이 마시면 제3 맛"이라는 글을 정채봉님의 수필집에서 읽었다. 오늘 그 말이 절실하게 가슴에 와 닿는다.

지난 가을 이 의자에 앉아서 오늘처럼 행복했던 날을 생각한다. 그 날은 은행잎이 온 궁 안을 노랗게 물들이고 있었다. 나무에 달려있는 잎은 노란 꽃으로 보이고, 떨어지는 잎은 노랑나비가 하늘을 날아다니는 것 같았다. 그리고 땅에 떨어진 잎들은 노란 비단을 깔아 놓은 듯 했다. 그 빛나던 황금빛. 오늘 나는 흰 눈의 하얀 빛으로 행복하다.

궁문이 닫힐 때까지 눈 의자에 앉아 이 아름다움을 좀 더 즐기고 싶은데 추워지기 시작한다. 궁문을 나서면 눈 쌓인 길에 차들이 밀리고 눈으로 말미암은 걱정거리가 많으리라.

하얗게 내린 눈의 세계에 기쁨과 환희를 느끼면서, 더불어 눈으로 인한 불편과 어려움을 함께 걱정해야 하니 얼마나 모순된 현실인가. 시간이 지나면 이 아름다운 눈의 세계도 사라진다. 모든 것은 추억으로 남는다. 아름다운 추억이 있기에 어려운 일이 닥친다 해도 견딜 수 있는 힘이 생기지 않을까.

눈 의자에서 천천히 일어선다. 하늘에선 탐스러운 눈송이가 쉬지 않고 내린다.

절두산 촛불

이천 년의 마지막 날이다. 세기말이 되었다고 요란하게 떠들어대던 게 엊그제 같은데, 몇 시간 뒤면 이천일 년이라니, 세월은 당겨 놓은 화살 같다는 생각을 다시 하게 한다. 절두산 성당에서 이천 년의 마지막 미사를 드리기로 한다.

차에서 내리면 은행나무 골목을 지나게 된다. 지금은 앙상한 가지만 보이지만, 얼마 전까지만 해도 노랗게 물든 모습으로 계절의 변화와 낭만을 안겨 주었다. 처음 이 절두산을 왔을 때에는 초록빛을 보았고, 그 다음 천천히 물들어 가는 은행잎과 노란 길을 보았다. 이 길 중간쯤에 누군가 헌 의자 두 개에 널빤지를 얹어서 앉을 수 있도록 만들어 놓았다. 나는 가끔 그 의자에 앉아 생각에 잠기곤 했다. 그 의자가 있던 자리가 텅 비어있다.

성지에 들어서면 제일 먼저 김대건 신부님의 석상이 눈에 띈다. 두루마기에 갓을 쓴 모습이 우뚝 솟아있다. 2미터가 넘는다고 한다. 그 다음 성모 동굴 앞의 촛불과 성모님, 두 손을 들고 계신 한복을 입은 안수 성모님, 그 외에도 여러 성인들의 석상을 볼 수 있다. 성전은 높은 벼랑 위에 삼층 건물이며 성당에 들어가려면 언덕과 층층대를 올라야 한다. 성전 안은 넓지 않고 아담했으며, 천장에서 내려온 십자가 벽면에 붙은 십자가 그리고 두 손으로 상징한 십사처가 보인다.

제대 위에는 촛불이 타고 있다. 미사가 끝나면 그것은 곧 사라질 것이다. 그러나 자리를 뜨지 않고 기도하는 사람이 많다. 허리가 굽어 앉은키나 서 있는 키가 같은 할머니도 바닥에서 일어날 줄 모른다. 나도 뒷자리에 앉아 그 할머니를 바라보면서 두 손을 모은다.

잠시 뒤 지하 묘소에 내려가 본다. 그곳에는 순교성인 28위의 성해와 영정들이 벽면 가득히 모셔져 있다. 숨소리가 들릴 듯 조심스럽다. 성당을 나와 2층에 있는 박물관에 들어간다. 순교자들의 유품과 유물 그리고 형구 등 순교 자료를 볼 수 있고, 그들이 남긴 글에서 한국 교회의 수난사를 알 수 있다.

박물관을 나와 베란다에 서서, 강변도로를 따라 달리는 차들을 본다. 흐르는 강물이 한 폭의 그림처럼 길게 누워 있다. 조선조 때에는 장수봉, 들머리, 용두봉이라 불렀다고 하며, 중국에서 사신이 오면 빼놓지 않고 다녀갔을 만큼 경치가 아름다웠다고 한다. 하지만 대원군에 의해 수많은 천주교인들이 이곳에서 목이 잘려 절두산이라 부르게 되었다.

얼마 전 수능시험을 보는 작은아이를 위하여 백일기도를 시작했다. 많은 사람들이 이 작은 성전을 날마다 가득 채우고 성전 밖까지 서서 미사를 드린다. 미사가 시작되기 전 사람들은 성모동굴 앞에서 촛불을 켠다. 성모상 앞에 촛불이 타오른다. 빨강 파랑 노랑 분홍 등 색색의 촛불이 불어오는 바람에도 아랑곳하지 않고 물결처럼 일렁인다. 수험생을 위한 촛불 하나하나에 희망과 소원이 담겨 있으리라. 촛불을 켜다가 어느 엄마의 애절한 기도를 듣게 된다. "4수는 안 돼요! 안 돼요, 성모님!" 하는 기도소리에 눈시울이 젖는다. 수험생을 위한 기도가 이곳뿐일까. 전국 유명 사찰도 수험생 엄마들로 넘치고, 교회도, 심지어 남원의 춘향 월매네 집 뒤뜰에까지 수험생 엄마들이 넘친다고 한다.

천천히 계단을 내려오다가 다리가 불편한 할머니를 만난다. 한 손에 묵주를 들고 힘겹게 난간을 잡고 올라오신다. 걱정이 되어 가까이 다가가서 팔을 부축한다. 할머니는 무릎이 몹시 아프다고 하면서 나에게 기도를 부탁한다. 이 말을 들은 나는 당황해서 얼굴이 붉어진다. 하지만 믿음이 부족하여 기도해 드릴 수 없다고 할 수는 없지 않을까. 할머니는 환한 미소를 짓고 계단을 올라가신다. 할머니의 목소리가 날 나무라시는 성모의 목소리로 들린다.

미사가 끝난 뒤에도 사람들은 바로 가지 않고 다시 성모동굴 앞 촛불 앞에 모인다. 아이 이름이 쓰인 촛불이 꺼지지 않았는지 확인한다. 꺼지지 않고 타고 있으면 기뻐하고 꺼져있으면 다시 불을 붙인다. 사람들은 촛불이 꺼질까 봐 돌아가지 못하고 서성이며 기도드린다. 바람이 불어도 코끝이 빨갛게 되어도 추위를 느끼지 못하나 보다. 잠시 뒤 그들도 떠나고 텅 빈자리에 나 혼자 남는다.

절두산 성지에 어둠이 내리기 시작한다. 갓 모양의 성당지붕도, 지붕 밑으로 여러 가닥 내려뜨려진 사슬도, 김대건 신부님의 커다란 석상도 어둠에 묻히기 시작한다. 그러나 어둠이 가리지 못하는 게 있다. 촛불이다. 수백 개의 촛불은 더욱 더 환하게 타오르며 주위를 밝힌다. 촛불 하나하나에 명패를 붙이듯 수백 개의 이름을 달고서. 초의 색은 여러 가지나 빛의 색깔은 한 가지다.

어머니들의 소원도 가지가지이나 빌고 바라는 마음은 역시 하나이리라. 먼지만큼이라도 자식에게 도움을 줄 수만 있다면, 무엇이든 하려 하는 어머니의 마음은, 부와 권력이 있는 어머니이든, 길가의 노점상 어머니이든 모두 같을 것이다. 아이들은 그것을 알고 나 있을까. 어머니의 마음을, 촛불처럼 타고 있는 어머니의 기도를.

남편의 신바람

남편의 코 고는 소리가 요란하다.

술을 마누라보다 더 좋아하는 남편은 오늘도 술에 취한 채 잠들었다. 잠든 표정이 편안해 보인다.

몇 해 전 혈압으로 병원에 입원했던 남편은 주치의가 "절대 술은 드시면 안 됩니다" 하는 경고를 듣고 퇴원했다. 한 달 가까이 술을 마시지 않고 집에 들어오던 남편은 계속 시무룩한 표정이었다. 사무실에서 좋지 않은 일이 있었느냐고 묻는 나에게 세상 사는 게 재미없다고 했다. 무엇 때문이냐고 했더니 멋쩍게 웃으면서 "술 안 마시고 오래 사느니, 술 마시고 즐겁게 살다가 일찍 죽겠노라." 고 했다. 그렇게 말한 다음날 거나하게 취한 남편은 세상 즐거움은 혼자 가진 듯 행복해 보였다. 그렇게 남편은 다시 술을 마시기 시작했다.

어느 날 집으로 남편이 전화를 했다. 평소에 얼굴 대하고 말하기 어려운 이야기는 전화로 했다. 무슨 일일까? "여보야. 사랑해." 하는 너스레로 시작되는 말의 뒷부분에 가서는 가슴 철렁한 이야기가 대부분이기에, 이야기 듣기 전에 긴장하게 된다. 그는 "향우회 회장을 하라고 하는데 할까? 말까?" 하지 말라고 말하려는데 "승낙한 걸로 알고 전화 끊는다." 하며 전화를 끊었다. 전화기를 들고 나는 한참을 멍하니 서 있었다. 그 뒤로 남편은 더 자주 술을 마셨다.

왜 그리 술을 마시느냐고 물으면, 고향을 사랑하고 지역사회를 사랑하고 또 국가를 염려하는 사람들이 모인 자리에 술이 없을 수가 있느냐고 했다. 도대체 언제부터 애국자가 되고 고향을 사랑하는 사람이 되었는지 궁금하기만 하다. 이야기 끝에 고향이야기만 나오면 남편은 눈빛부터 달라진다. 향우회가 어떠니, 고향친구가 어떠니 끝없이 이어지는 이야기에 나는 말을 잃어버린다.

늦은 시간 집에 들어오지 않아 손전화를 하면 "당신이 승낙한 임무 수행 중" 하며 전화를 끊는다. 남편 즐거움을 내 즐거움으로 삼자며 마음을 위로해 보기도 하지만….

30년 전 이야다. 서울에서 결혼식을 마치고 찾아간 시댁은 하늘과 바다만 보이는 섬이다. 드문드문 몇 채의 초가집이 보였고 가파른 언덕바지에 심은 보리는 푸른빛을 토해내고 있었다. 언덕 길 따라 걷던 시오리 길은 놀라움과 불안한 생각으로 다가왔다.

시댁에는 이보다 더 놀랄 일이 나를 기다리고 있었다. 6남매의 장남이라던 남편의 형제는 하룻밤 자고 난 사이에 11남매로 불어나 있었다. 4살부터 시작된 아이들은 한 방 가득했다. 중매로 만나 그때까지 낯설기만 했던 남편, 그래도 물어 볼 사람은 그 사람밖에 없었다. "저 아이들은 누구예요." 남편은 아무 대꾸도 하지 않고 나가버렸다.

세월이 흘러 그때에 4살이던 시누이가 두 아이를 가진 엄마가 되었다. 행복해 보여 기쁘기도 하고 대견하기도 했다. 바라보는 것만으로도 아득해 했던 그 긴 세월, 시어머님은 얼마나 힘이 드셨을까. 팔십이 넘으신 연세에도 건강하신 시어머님과 이젠 모두 어른이 되어 열심히 살고 있는 시동생과 시누이들도 고맙기 그지 없다.

한때 결혼을 잘못했나 생각한 적도 있었는데, 살아 온 날들을 되돌아보니 그리 잘못한 결혼은 아닌 것 같다.

향우회 행사 날이 가까워 오면 본인 나이도 잊고 이곳저곳 전화하고 신바람 나 뛰어 다니는 남편. 그 나이에 그렇게 즐겁습니까?

묻고 싶다.

오늘은 무슨 이유로 취했느냐고 묻는 나에게 "고향을 위하여! 친목을 위하여!" 하며 잠이 든다. 문득 잠든 남편의 얼굴을 바라보다 무슨 꿈을 꾸고 있을까 궁금해진다.

　　코 고는 남편의 꿈속
　　잠방이 걸치고 물장구치던 고향이 다가온다

　　코 고는 소리 따라 움직이는 고향
　　햇살 좋은 바닷가
　　자갈밭 위에 부딪치는 눈부신 파도빛
　　바다는 손을 놓고 낮잠을 잔다

　　굴 캐러 바닷가 나서는 어머니의 발길
　　지문조차 닳아버린 어머니의 손끝
　　가슴 조이는 아득한 살림살이
　　　　- 〈어머니의 바다〉 일부

한 포기 들꽃이 되어

봄이 오는 들녘에 선다.

마른 풀잎 속에서 푸른 생명의 손짓을 본다. 논두렁에 서서 산과 논들을 바라보다 지난가을 벼를 베고 밑둥만 남아있는 논 속으로 내려선다. 질벅질벅한 물이 신발을 적신다. 머지않아 이 논에 모내기가 시작되고 농부들의 활기 찬 목소리가 들려오리라. 묵은 밑둥 사이사이, 작은 웅덩이에 비취빛 하늘이 담기고 연두색 풀싹이 고개를 내민다. 보리밭에 들어간다. 보리싹이 한 뼘쯤 자라있다. 바람에 흔들리는 잎들은 어린아이들이 손가락을 펴 흔들며 춤추는 듯 보인다.

논두렁에서는 마른 잔디를 헤치고 가냘픈 모습으로 풀들이 돋아나며 생명의 소식을 알려준다. 겨울동안 벗었던 나무도 새 옷을 준비한다. 보라색 제비꽃이 고개를 숙이고 수줍은 듯 피어있다. 겨울이 가는 들녘에서 제일 먼저 만난 꽃. 그래서일까 이 꽃을 보면 어린 시절로 돌아간 듯 가슴이 설렌다.

논두렁을 걷는다. 겨울동안 얼었던 흙이 아직 다져지지 않아 갯가를 걷는 기분이 든다. 보들보들한 흙의 느낌이 발바닥으로 전해온다. 마른 풀 속에서 회색 쑥잎이 뾰족뾰족 얼굴을 내민다. 소중한 보물을 발견한 듯, 한 잎 두 잎 손으로 만져본다. 부드러운 감촉과 향긋한 쑥 냄새가 손 안에 가득하다.

연둣빛 들녘은 한흑구 수필가가 쓴 〈보리〉를 생각나게 한다.

"아지랑이 몰고 가는 봄바람과 함께 온 누리는 푸른 봄의 물결을 이고, 들에도 언덕 위에도 산등성이에도 봄의 춤이 벌어진다. 푸른 생명의 춤, 새말간 봄의 춤이 벌어진다."

봄이 가슴 가득 안긴다.

앉은 자세로 두어 걸음 옮기다 보니 씀바귀가 돋아있다. 씀바귀는 돌아가신 아버지가 무척 좋아하신 나물이다. 반가운 마음에 한줄기를 뜯는다. 우윳빛 하얀 진물이 뜯긴 자리에서 흐른다. 씀바귀잎을 손에 쥐고 내 유년시절의 기억을 더듬는다.

봄날 아지랑이가 필 때면 유별나게 씀바귀를 좋아하시던 아버지를 위해 씀바귀를 찾아 나섰다. 아직 새 순은 돋아나지 않아, 지난겨울 누렇게 죽어버린 풀 속에서 씀바귀 뿌리를 캤다. 뿌리를 삶아 쓴 물을 우려내 토장 그릇에 보글보글 끓였다. 둥근상에 둘러앉아 토장국 한 그릇으로도 행복했던 때를 떠올린다.

봄볕이 들녘에 찾아오면 쑥, 냉이, 자운영, 씀바귀 그리고 이름도 알 수 없는 들꽃들이 돋아난다. 바구니와 칼만 들면 들녘은 우리들의 것이 되었다. 노랑나비 흰나비가 장다리꽃 위에 날아 앉고 고무신 신은 우리들은 나비를 잡는다고 온 들녘을 뛰어 다녔다. 보리가 익어갈 무렵, 보리목을 꺾어 손으로 비벼서 먹던 일이며, 논가에 누워서 뒹굴던 일들이 가물가물하다. 언덕과 묘지에는 등 굽은 할미꽃 제비꽃 민들레가 많이도 피어 있었다. 할미꽃의 등을 편다고 꽃등을 부러뜨리던 일도, 제비꽃 보랏빛이 좋아서 한 움큼씩 꺾어 던지던 일도, 진달래꽃을 꺾어 머리에 꽂기도 하고 먹기도 했던 일들은 잊을 수 없는 이야기다. 어린 날의 추억을 냄새로 말한다면 어떤 냄새일까? 그리움의 냄새는 아닐는지.

이랴~ 이랴 소를 몰던 농부의 목소리도 음매- 음매- 하늘을 보며 울던 소들의 모습도 지금은 보이지도 들리지도 않는다. 그러나 연두색으로 칠해지는 신비로운 산과 들녘, 안개처럼 피어오르는 연기, 논두렁 태우는 매캐한 냄새, 비취빛 하늘, 모두 예전 그대로인 이곳에서 나는 까치도 되고 들꽃도 된다.

봄의 전령이 손짓하는 들녘은 예나 지금이나 변함이 없다. 바람과 희망과 활기가 넘쳐난다. 까치들이 미루나무 위를 오르내리며 깍– 깍– 거리고, 참새들은 짹짹대며 이 논 저 논 날아다닌다. 솟아나는 생명의 힘이 느껴진다. 이 생기 넘치는 들녘에서 유년을 좀 더 꿈꾸고 싶지만, 몇 시간 뒤 서울행 버스를 타야한다. 서울살이가 힘들고 지겨워질 때 나는 이 들녘에 다시 오리라. 다시 와서 한 포기 들꽃이 되고, 솜털 가득 담은 씨앗이 되어 활기찬 봄의 들녘을 훨훨 날아 보리라.

멈춰 서서 돌아보다

군에 가 있는 큰아이가 이따금 전화를 한다. "잘 계십니까?" "글은 잘 되십니까?" 심심찮게 전화를 한다. 아들 속을 나는 안다. 면회 좀 와 주었으면 하는 속셈을. 모른 척 하고 며칠을 지내니 이번에는 "엄마 나 보고 싶지 않아요" 한다. 나라고 왜 보고 싶지 않을까. 다른 일은 모두 다음으로 미루고 아들이 좋아하는 피자를 사들고 부대로 향한다.

정문에서 두 명의 보초병이 거수경례를 한다. 경례하는 군인이 아들 얼굴로 겹쳐 보인다. 보고 싶은 마음 때문에 군복을 입은 사람들만 보아도 모두 아들 얼굴로 보이나보다. 정문 옆 위병소에서 주민등록증과 면회증을 바꾸어 가지고 면회실로 향한다.

한여름의 햇볕은 뜨겁다. 한참을 걸으니 나무 밑에 사람들이 옹기종기 모여 있고, 일찍 신청한 사람들은 벌써 만나서 어울려 웃고 있다. 나무그늘에 서서 주위를 둘러본다. 아직 기다리고 있는 사람들도 많다. 젊은 아가씨들, 또래의 남자들, 나이든 아주머니와 아저씨들, 모두가 초조한 표정으로 왔다갔다 한다.

땀을 닦으며 면회실 안으로 들어선다. 면회실 안에는 한 대의 선풍기가 돌아가고, 몇 개의 탁자와 여러 개의 의자가 놓여있다. 탁자 옆에 오락기 두 대가 있는데 군인들이 그 오락기에 매달려 정신이 없다. 면회실 안쪽에 있는 매점에서 아이스캔디 몇 개를 사서 면회실 안에 있는 군인들에게 나누어 주고 한 개는 내 입에 문다. 선풍기 한 대로는 이 더위를 식힐 수는 없는 것이다.

앞자리에 예쁜 아가씨 2명이 앉아서 "왜 안 오지?" 연신 문쪽을 바라보며 탁자 위 봉투에 담겨 있는 것을 만져보고 또 만져본다. "다 식었으니 다시 데울까" 하며 매점 옆에 있는 전자레인지 앞으로 간다. 냄새가 나서 바라본다. 여러 번 렌지에 돌린 음식이 타버린 모양이다. 그래도 그녀들이 기다리는 군인은 소식이 없다. 옆자리에 여자 친구와 나란히 앉은 군인은 싱글벙글 어깨를 으쓱거린다. 면회 와 줄 여자 친구 하나 없는 우리 아들, 여자 친구와 즐겁게 이야기하는 군인을 보니 슬그머니 부러운 생각이 든다.

건너편 탁자를 바라본다. 면회 온 엄마는 아들이 밥 수저를 뜨는 대로 반찬을 올려주고 있다. "엄마도 먹어! 같이 먹어!" 말하는 아들과 "그래 그래" 대답하면서 대견한 듯 아들 모습만 바라보는 엄마. 내 눈에도 그 아이가 대견하다.

눈을 돌려 뒤쪽을 바라보니 장년의 부부가 연신 시계를 보며 밖으로 나갔다 들어왔다 안절부절못한다. 잠시 뒤 차 소리가 나기에 따라 나갔다. 군용차에서 견장을 단 대령이 내리고 뒤이어 이등병이 따라 내린다. 장년의 부부는 대령과 반갑게 인사를 나눈 뒤 이등병을 자기 차에 태우고 사라진다. 나는 그들이 부러워 목을 길게 늘이고 아들이 달려 올 만한 길 쪽을 바라본다. 그래도 아들은 보이지 않는다.

기다리다 지친 나는 면회실 밖으로 나와 걸어본다. 옆 건물에서 피아노 소리가 들리기에 안으로 들어가 본다. 혼자서 피아노를 치며 노래를 부르는 군인이 있다. 그 소리가 건물 안을 가득 채운다. 노래를 부르고 또 부르고 끝도 없이 부른다. 아마 저 군인은 면회 올 사람이 없나보다. 노래 소리가 고향을 그리워하며 부모님을 부르는 소리로 내게는 들린다. 나도 모르게 눈시울이 젖는다.

면회실로 돌아온다. 그제야 아들은 '엄마' 하며 내 앞으로 걸어온다. 반가운 마음 말로 표현할 수 있을까. 바라보는 순간이 기쁨인 것을. 새까만 얼굴, 긴 군화에 긴 웃옷이 무척 더워 보인다. 그러나 먼저 면회 왔을 때보다 건강해지고 표정도 밝다.

"너 좋아하는 피자다. 어서 먹어라." 아들은 먹으랴 이야기하랴

입이 정신없다. 입에다 한입 물고 말하는 아들을 바라보다가 웃음을 터트리고 만다.

면회실이 점점 한산해진다. 참고 훈련 잘 받아야 된다는 나의 말에 커다란 두 눈에 서운한 빛이 어린다. 남은 피자 한 판을 손에 들려주고 면회실을 나온다. "우리 뒤돌아보지 말자." 말하고 아들은 내무반으로 나는 부대 밖으로 향한다. 그러나 어찌 뒤돌아보지 않을 수 있을까. 몇 걸음 걷다 돌아보니 아들도 멈춰 서서 돌아보고 있다.

가을은 멀었는데

가로수 길을 걷는다.

바람이 세차게 분다. 불어오는 바람을 견디지 못한 시퍼런 나뭇잎이 길가에 내려앉는다. 아직 가을은 멀었는데. 나뭇잎을 주워든다. 여기저기 구멍 나고 병든 잎이다.

2년 전 대학병원에서 호스피스교육을 받았다. 교육받는 기간 중 계속 비가 내렸지만 교육장은 예상보다 많은 사람들로 붐벼 앉을 자리가 부족했다. 100명 가까이 교육을 받았다. 종교도 성별도 나이도 교육수준도 다른 사람들이다. 머리와 수염을 기른 도인 같은 이, 검은 한복을 입은 정녀들, 수녀들, 스님들 그리고 종교와 관계없는 사람도 눈에 띄었다.

그분들을 보면서 마음이 따뜻해졌다. 그런데 수료생들 중에 봉사를 자원한 사람은 10명도 되지 않았다. 다른 봉사와 달리 죽음을 앞둔 사람과의 일이어서 그러하리라. 나도 그 중 한 사람이었으니까.

교육받은 몇 달 뒤 장기입원환자와 장애환자를 도와달라는 어느 분의 부탁으로 일주일에 한 번씩 병원을 드나들었다. 욕창이 생기지 않도록 몸을 움직여주는 일, 마사지, 머리 감기기, 손발 닦아주기 그리고 때때로 책도 읽어드렸다. 그렇게 반년이 지난 어느 날이었다. 호스피스 봉사자가 없어서 걱정이라는 사목회원의 말에 자신이 없지만 재교육을 받은 뒤, 암병동을 찾았다.

호스피스는 환자의 신체적 아픔도 덜어 주어야 하고, 심리적 상실감, 죽음에 대한 두려움을 덜어주며 편안한 죽음을 준비할 수 있도록 도와주고, 남은 가족들의 고통과 슬픔도 위로해 주어야 한다고 교육을 받았다.

호스피스란 이름표를 달고 환자를 만나러 가는 첫날이었다. 비상구에 서서 기도하고 심호흡을 다시 했다. 그리고 옷과 화장, 머리모양은 어떤지 한 번 더 거울에 비춰 봤다. 죽음을 앞둔 환자. 그것도 환자 자신이 며칠밖에 살 수 없다는 것을 알고 있는 이들을 만나러 가는 길, 입이 마르고 이마에 땀이 흘렀다. 남은 생을 받아들이고 뒷정리를 해야 한다는 이야기를 해 주어야 한다는 것. 편안한 마음으로 죽음을 맞이할 수 있도록 도와주어야 한다는 것.

어느 것 하나도 자신이 없었다.

첫 만남의 환자, 56세의 폐암 말기 남자였다. 병실에 들어서는 나를 향하여 분노에 찬 목소리로 들어오지 말라고 소리쳤다. 그의 눈동자는 처절하도록 슬퍼 보였다. 병실 복도에 그냥 주저앉을 뻔했다. 그날 밤 나는 밤새 열이 나고 몹시 아팠다. 하지만 나 자신과의 약속이니 그 일을 그만 둘 수는 없었다. 그 뒤 월요일이면 암병동을 방문했다. 한 주 동안에 한두 분의 환자는 세상을 등졌다.

환자들은 본인이 암인 줄 알게 되는 날 거의가 다 같은 모습이다. 많은 사람 중에 내가 왜 암에 걸려야 하는지 절망하고 세상에 분노한다. 그렇지만 시간이 지나면 조금씩 죽음을 받아들이는 것 같았다. 언제쯤 가게 될지 물어보는 이도 가끔 있다. 많은 환자들을 만나게 되니 그들 몸 상태 변화에 따라 조금씩 짐작할 수는 있지만 그러나 소리 내어 말할 수는 없었다.

요즘은 나이를 불문하고 암환자들이 발생한다. 이들 중에서 나를 가장 아프게 했던 환자, 바라만 봐도 눈물이 났고 기억에 남는 환자가 있다. 17살의 소년 흉부암 환자다. 테니스 청소년 대표였다는 소년은 병과 싸운 지 2년이라고 했다. 처음에는 나를 바라보지도 않았다. 싫어하고 부담스러워 했다. 다음 주에도 그 다음 주에도, 그렇게 시간이 지났다. 그런데 어느 날인가부터 날 바라보는 표정이 부드러워지기 시작했다. 떠나기 며칠 전 처음 만져 본 소년의 손. 뼈만 남은 가늘고 긴 손가락. 라켓을 힘차게 들었을 손, 그 손이 그렇게까지 마를 수가 있을까 놀라웠다. 소년은 끝내 한 마디 말도 하지 않고 갔다. 긴 속눈썹에 까만 눈동자만 내 머리 속에 남겨놓고.

열일곱 소년의 핼쑥한 얼굴
떨리던 속눈썹 안에
맑은 눈동자 보이지 않고

병실 안에 침묵이 가라앉고
가냘픈 손등에 주사바늘도 멎었다

애써 감춘 눈물
부여잡은 손등에 고여 드는 슬픔

신의 이름이 가만히 놓인다

암 병동에는 또 다른 이들이 오늘도 저 세상으로 떠나간다. 죽음을 선고받은 그들에게 과연 호스피스가 무슨 소용일까. 어쩌면 산 자의 오만으로 보일지 몰라 두려운 생각도 든다. 죽음은 철저하게 혼자만의 길인 것 같다. 무슨 말을 해야 위로가 되고, 남은 가족에게 도움이 될까. 죽음은 인간이 건드릴 수 없는 신의 영역이고, 생로병사는 인간의 힘으로 어쩔 수 없다는 이야기는 익히 들었다. 나는 그들의 손을 잡고 이야기를 나누지만 어느 만큼이나 그들의 아픔을 내 아픔으로 받아들였을까. 어느 만큼이나 위로가 되었을까.

병원 문을 나와서 어두워지는 거리에 선다. 가로수에서 나뭇잎이 또 떨어진다. 주워든 잎은 누렇게 병들어 있다. 병실에서 만났던 소년의 얼굴이 그 나뭇잎 위에 겹쳐 보인다. 아직, 가을은 멀었는데.

수녀님의 미소

　버스정류장이다. 많은 사람들이 의자에 앉거나 서서 자신들이
타고 갈 버스를 기다리고 있다. 나도 버스를 기다리며 지나는 사
람들을 바라본다. 젊은이, 나이 든 이, 남자, 여자, 많은 이들이
오가고 있다.

　문득 이들의 옷차림에 시선이 머문다. 모두가 자기 개성에 맞추
어 입은 듯 제각각이다. 똑같은 옷을 입은 사람을 찾아보기로 한
다. 하지만 얼른 눈에 띄지 않는다. 버스를 기다리고 있다는 생각
조차 잊어버리고 같은 옷차림을 계속 찾는다. 드디어 같은 모습을
찾았다. 전경 두 명이 발걸음을 맞추어 걷고 있다. 아! 정복…….

　옷은 그 사람의 신분을 나타내기도 한다. 직업, 종교 등 신분에
따라 또는 소속되어 있는 집단에 따라 입는 옷이 다른 것이다.

어떤 큰스님께서 생전에 입던 옷이 기운자리가 헤아릴 수 없이 많았다고 한다. 수행자들의 낡은 옷은 오히려 수행의 증표로 보여 성스럽기까지 하다. 그러나 성스럽다고 보는 이가 얼마나 될까. 우선 나부터, 죄송스럽게도 초라해 보이니 어쩌면 좋으랴.

오래 전이다. 정류장에서 집으로 가는 버스를 기다리다가 남편을 만났다. 차에 오르니 낯이 익은 수녀님이 앉아 계셨다. 가깝게 아는 사이는 아니지만 호스피스 병동에서 가끔 뵙는 수녀님이다. 반가움에 다가가 인사를 하고 남편에게 소개를 했다.

"병원에서 원목하는 수녀님이세요."

마침 뒷좌석이 비어 있어 자리에 앉자 남편이, "수녀님 옷차림이 왜 저러셔." 했다.

반사적으로 수녀님 옷에 시선이 갔다. 낡은 두건과 오래된 수녀복이 새삼 초라하게 보였다. 그동안 수녀님이 입은 옷을 보고 낡았다는 생각을 한 적이 없었다. 그런데 남편의 한 마디에 주먹으로 한 대 맞은 듯 가슴이 먹먹했다. 그날 밤 수녀님 모습이 자꾸 떠올랐다.

그 뒤로 병원에서 환자들에게 기도해 주고 성사를 모시는 수녀님을 뵐 때마다 수녀님의 낡은 옷차림만 눈에 들어왔다. '수녀님들의 옷 한 벌 값은 얼마나 될까?' 하는 생각에 잠을 이루지 못하는 날이 많아졌다.

나는 조금씩 돈을 모으기 시작했다. 나름대로 목표했던 돈이 채워졌다. 그런데 어떻게 전해야 할지 오히려 실례가 되는 건 아닌지 하여 선뜻 드릴 수가 없었다. 가방에 넣어 가지고 다니던 봉투의 귀퉁이가 너덜거리기 시작했다. 그렇게 또 적지 않은 시간이 지난 어느 날, 나는 호스피스 일을 마치고 병원을 나오는 길이었다.

"자매님, 이제 가세요?" 하는 소리에 앞을 보니 수녀님이셨다. 이때다 싶어 가방에 넣고 다니던 낡은 봉투를 꺼내어,

"수녀님 옷이 너무 낡았어요."

고개를 숙인 채 봉투를 내밀었다. 수녀님은 놀랜 듯 한참동안 말이 없다가 물었다.

"옷 말고 내가 사용하고 싶은데 써도 됩니까?"

나는 '안 돼요' 하고 싶었지만 고개를 끄덕일 수밖에 없었다.

수녀님을 만날 때마다 새 옷 입은 모습을 기대해 보았지만 일 년이 지나도록 그대로였다.

그리고 또 몇 달이 지났다. 호스피스 재교육이 있는 날이었다. 그곳에서 수녀님의 강론이 있었다. 그런데 새 옷을 입고 계신 게 아닌가. 눈부시게 하얀 옷이었다. 아마 내 눈에만 더 희게 더 눈부시게 보였으리라. 내 귀엔 강론 내용은 하나도 들리지 않았다. 형언할 수 없는 감동으로 수녀님의 새 옷만 바라봤다. 나와 눈이

마주친 수녀님의 입가에 보일 듯 말 듯 미소가 번졌다. 아, 수녀님의 미소! 얼굴이 화끈해진 나는 얼른 고개를 숙였다.

그동안 나는 새 옷을 입지 않은 수녀님을 뵐 때마다 서운한 마음을 가졌었다. 수녀님의 낡은 옷만 보느라, 그분의 또 다른 모습을 보지 못한 것은 오로지 내 욕심 때문이었다. 새 옷을 입으신 수녀님의 모습이 더 눈부시게 보였으니 나는 속인을 벗어나기에 멀기만 하다. 속된 내 마음이 그분을 초라하게 했음을 그때서야 깨달았다.

지금도 어디에선가 한결같은 모습으로 일하실 수녀님. 수녀님의 미소를 떠올려 본다. 그날 그분이 지으셨던 미소의 뜻을 지금도 정확히는 알지 못한다.

내가 기다리던 버스가 막 정류장에 들어선다. 저만치서 똑같은 옷을 입은 전경이 자신들의 구역을 다 돌았는지 발맞추어 되돌아가고 있다.

마지막 눈맞춤

오늘도 나는 암 병동 9층 창가에 선다. 두렵고 안타까운 마음으로 창밖을 내려다보며, 눈으로 볼 수 없는 신을 가슴으로 원망해 본다.

1.

며칠 사이 갑자기 건강이 악화된 환자가 입을 벌린 채 눈을 감고 있다. 보호자도 지쳤는지 침대에 엎드려 졸고 있다. 차마 깨울 수 없어 침대 곁에 서서 기다렸다. 인기척에 눈을 뜬 보호자는 환자가 며칠 사이 사람을 잘 알아보지 못한다고 말한다. 4개월 전 환자를 처음 만났다. 표정이 어찌나 맑은지 어린아이를 보는 듯 했다. 통증도 심하게 올 텐데 어떻게 저런 표정을 지을 수 있을까. 아마 어린아이처럼 마음이 고운 사람같았다. 육십이 조금 넘은 아주머니는 자궁경부암이다. 자녀들을 하나도 결혼시키지 못했다고 말하는 그녀의 현실이 안타깝기만 했다.

이제는 어느 누구도 그녀를 도와 줄 수는 없다. 손이나 잡아주고 그녀가 무슨 말을 하고 싶어 하는지 눈을 바라보는 일밖에. 그날 그 눈맞춤이 그녀와 마지막이었다.

2.

6개월 동안 만났던 환자이야기다. 성질이 무척 괴팍한 육십 대의 남자환자는 간암 말기였다. 가끔 열이 난다고 환자복을 벗어 던지기도 했다. 벙거지 모자를 뒤집어쓰고 침대 위에 쪼그리고 앉아있던 남자. 의사의 말도 잘 듣지 않고, 먹고 싶은 것 사다 주지 않는다고 보호자를 무척 힘들게 했다. 같은 병실 환자들과도 이야기를 잘 나누지 않았다.

찾아 온 나를 바라보지도 않고 눈을 감고 자는 척 했다. 그렇게 두어 달이 지나니, 여기저기 아프다며 안마해 주기를 원했다. 일주일 뒤엔 기다리고 있었다는 듯이 그 동안에 일어났던 이야기를 했다. 먹고 싶은 음식도 부탁하면서. 그러나 점점 숨쉬기가 힘들어지고, 배에 물이 차 풍선처럼 부풀기 시작했다. 차 오른 물을 반복적으로 빼내었다. 침대에 엎드려 있는 시간이 점점 길어져갔다. 환자는 마사지해 주는 걸 무척 좋아했다. 아마 통증 때문인 것 같았다. 어쩌면 다시 만날 수 없으리라는 느낌에 그날은 마음을 다하여 마사지를 해 주었다. "다시 만날 때까지 편안하세요" 하면서 손을 잡으니 힘없는 손에 힘을 싣는다. 지금 만남이 마지막이 아니기를 바라며 문을 나서다 고개 돌리니 나를 바라보고 있다. 그것이 그와의 마지막 눈맞춤이었다.

3.

외모가 고운 아내를 둔 중년의 환자, 그는 임파선암 말기였다. 밝고 명랑한 부인은 농담을 잘하여 문병 오는 사람들도 병실 사람들도 잘 웃겼다. 처음 대하는 나도 반가워했다. 환자의 손과 발에 안마를 하자 그녀는 "내 것이니까 아프게 하지 마셔요" 했다. "더 아프게 할 겁니다"라고 대답하니 농담인 줄 알면서도 그녀는 환자 곁에서 내가 하는 걸 지켜보고 있었다.

그는 몇 달씩 입원해 있다 퇴원하고 또 얼마 있으면 다시 입원했다. "다시는 만나지 말자고 했는데 나 보고 싶어 왔습니까?" 하고 웃으며 말하니 "그러게 말입니다" 힘없이 웃으며 대답했다. 부인은 남편을 만나게 된 동기와 처음 만났을 때 입고 있던 양복 이야기까지 했다. 만나고 온 날 밤 그의 눈동자가 생각나 잠을 이루지 못했다고 말하자 환자는 소리 없이 웃었다. 듣고 있던 나는 눈물이 나 병실을 나오고 말았다. 문병할 때마다 기다린 듯 반가워하던 그는 상태가 나빠졌다. 물도 넘기지 못하고 구토하기 시작했다. 다시 그를 만날 수 없으리라는 느낌이 들었다. "편안히 계세요."라고 말하자 눈을 감은 채 대답도 하지 않았다. 눈맞춤도 없이 그는 그렇게 떠났다.

4.

이 환자는 내가 만나 본 말기 암 환자 중에서 가장 기억에 남는 환자다. 육십 중반인 그는 갑상선암 환자였다. 처음 만났을 때 목에 깁스를 하고 머리에는 가시관 같은 모자를 쓰고 있었다. 목을 반듯하게 하기 위하여 눈은 침대 위쪽을 보고 있다. 여러 환자를 만나 보았지만 그런 모습의 환자를 대하기는 처음이어서 당황했다. 생리적인 것은 물론 식사도 누워서 했다. 눈을 맞출 수도 없고 대화도 나누기 힘들었다. 그렇게 두어 달이 지난 뒤에야 그는 일어나 앉았다. 투병생활 중에도 목소리는 크고 카랑카랑했다. 고통스러워도 웃음 띤 얼굴과 목소리가 내 마음을 더 아프게 했다.

그 나이까지 혼자란다. 자원봉사센터에서 보내는 간병인들이 두세 번 바뀌었다. 그렇게 또 몇 달이 지나 머리에 쓴 가시관도 벗었다. 깔끔한 성격이라 웬만한 일은 혼자 잘해냈다. 더는 방법이 없다는 주치의의 말에 병원에서 퇴원했다.

그 뒤 그 환자를 가정 호스피스 명단에 올리고 일주일에 한 번씩 방문했다. 그렇게 여름이 가고 가을이 왔다. 그는 점점 앉아 있기도 힘들어했다. 기침도 잦아지고…. 어느 날 그는 호스피스 병동으로 다시 들어간다며 다음 주부터는 오지 말라고 했다. "나라고 살고 싶지 않겠습니까? 죽어야 한다고 하니까 죽는 날을 기다리지요." 그 많고 많은 단어 중에서 대답할 말을 나는 찾지 못했다. 병이 곧 완쾌되실 겁니다, 라고는 말할 수 없지 않은가! 이미 그도 다 알고 있으니까. 방문을 열고나서는 내게 힘없는 손으로 그가 악수를 청했다. 바라 본 그에 눈은 물기에 젖어있었다. 그는 그렇게 갔다.

암이라는 형벌을 안긴 것은 어쩌면 이 세상에서보다는 저 세상에서 더 필요한 사람이라 일찍 데려가는 것이 아닐는지? 이 땅에서는 인연이 다하여 떠나지만, 원컨대 이승에서 이루지 못한 사연을 저승에서 이루며 그곳에서 필요한 사람으로 건강하게 살아가기를 가슴으로 빌어본다.

겨울 풍경화처럼

눈이 내리고 있다. 덕수궁 앞에서 15년 전 헤어진 친구를 기다린다. 바람 한 점 불지 않는 거리로 떨어지는 눈은 꽃잎보다 더 곱다. 크지도 작지도 않은 부드러운 눈송이에 취하여 누굴 기다리고 있다는 지루함도 잊은 채 하늘을 올려다본다.

그때, 내 이름을 부르며 손을 잡는 이. 혹여 알아보지 못할 정도로 변했으면 어쩌나 걱정했는데 눈가에 잔주름만 보일 뿐 별로 달라 보이지 않는 친구가 웃는다. 손을 잡고 궁 안으로 들어선다. 길인지 뜰인지 구분이 안 가는 궁 안을, 사람들이 길을 만드느라 빗자루질이 한참이다. 친구와 눈 속을 천천히 걷는다. 소나무와 키 큰 나뭇가지에 얹히는 눈은 감탄사를 붙이지 않아도 한 장 '찰칵' 하고 싶은 생각을 갖게 한다. 세상에서 가장 아름다운 꽃은 눈꽃이 아닌가 싶다. '예뻐! 예뻐! 아름다워!'를 연발하는 나를, 친구는 예전이나 지금이나 변한 게 없다는 표정으로 바라본다.

궁 안에 있는 미술관에 들른다. "피카소전이라 하더니 피카소 그림은 몇 점 안 되네!" 하는 옆 사람들의 불만스런 소리를 들으며 그림 앞에 선다. 피카소와 여러 작가의 그림이 전시되고 있다. 그림을 감상하던 친구가 한 그림 앞에서 움직이지 않는다. 궁금하여 가까이 가 본다. 에드바르 뭉크의 〈겨울풍경〉이다. 바위가 삐쭉삐쭉 튀어나온 해안에 겨우내 쌓인 눈이 조금씩 녹아내리고, 눈 녹은 자리에 푸릇푸릇 파란 새싹이 돋아나고 있는 그림이다. 그의 그림이라고 믿어지지 않아 작가의 이름을 다시 한 번 확인한다. 내 기억으론 그는 죽음과 사랑, 이별과 아픔, 고통과 자살 등이 세상의 어두움을 주제로 30여 년 동안 그림을 그린 작가로 알고 있다. 그리고 그의 〈절규〉라는 절망적인 그림이 떠올라 팜플렛을 다시 확인해 본다. 설명은 작가의 병이 어느 정도 호전되면서 그린 작품이라고 적혀 있다. 그러고 보니 그림에서 삶에 대한 의지가 보이는 것 같고 희망과 안정이 느껴지는 듯도 하다.

미술관을 나와 찻집에서 통유리창으로 내리는 눈을 바라본다. 따뜻하고 포근한 느낌으로 다가온다. 차를 마시며 그때서야 그동안 어찌 지냈는지 묻는다. 이야기를 시작하는 친구의 얼굴은 어두워 보인다. "사는 게 생각대로 되는 것이 아니더구나" 하며 가볍게 한숨을 쉰다.

15년 전 지병으로 고생하던 남편과 사별한 친구는 지압하는 기술을 익힌 뒤 어린 남매를 친정언니에게 부탁하고 무작정 일본으로 떠났다. 일본에서 15년 동안 불법 체류자로 살았다. 이곳저곳 지압사로 떠돌며 공부시킨 아이들이 이젠 취직을 하였다고 말했다. 어느 정도 돈이 모아져 작은 업소를 경영하던 중, 불심검문에 불법체류자로 걸려 입은 옷 그대로 그곳에서 한 달 구류를 살고 고국으로 추방되었다. 15년 동안 닦아놓은 그곳 생활터전이 모두 물거품처럼 되었다. 맨몸으로 고국 땅을 밟은 친구는 6개월 동안 우울증에 시달렸다고 한다.

이제 겨우 정신을 차리고 나에게 연락을 한 친구의 눈은 슬픔과 절망이 가득하다. 일본에서 신분을 확인 받으려면 국제결혼도 있고, 서류결혼도 있다고 하던데 그렇게라도 해서 편하게 살 수 있었을 텐데 하고 말해본다. 한마디로 자른다. 자기는 그럴 생각이 없었다고. 아마 그것은 그녀가 살아온 가정환경 때문일지 모른다는 생각을 한다.

그녀와의 어린 시절을 더듬어 본다. 우리는 고교시절을 함께했다. 나는 그녀를 무척 부러워했었다. 그것은 그녀의 어머니 때문이었다. 언제 들러도 항상 웃으며 반겨주시던 그녀의 어머니는 동경유학까지 하신 인텔리였으나 소박한 옷차림과 함빡 웃는 모습에서 보름달을 연상하며, 가슴이 가득 차는 포근함을 느꼈다. 어느 봄날이었다. 꽃밭을 손질하던 그녀의 어머니는 "너에게 봄을 선물하마" 하시며 꽃잎을 따 내 손에 쥐어 주셨다. 그때의 그 선물이 지금도 잊히지 않는다. 그렇게 멋진 어머니를 가진 그녀를 부러워했으며, 그래서 그녀를 더 좋아했는지도 모른다.

위로의 말이 생각나지 않아 두 손을 꼭 잡아준다. 내 눈을 바라보던 친구는 "걱정하지 마, 난 아직 건강하단다." 하며 힘있게 일어선다. 궁 앞에서 헤어져 걸어가는 친구의 뒷모습이 눈발에 흐려져 간다. 지금은 고인이 되신 친구 어머니의 모습도 함께.

조금 전까지 아름답기만 하던 눈 내리는 하늘이 갑자기 왜 슬퍼 보이는지 모르겠다. 뭉크의 〈겨울풍경〉처럼 친구가 새롭게 일어서길 바라며 정류장으로 향한다. 눈은 여전히 내리고 있다.

찔레꽃

1.

여의도 강가 야외결혼식장에 왔다. 그리스신전처럼 기둥까지 세운 식장은 꽃무늬의 대리석바닥이 고급스럽다. 넓게 펼쳐진 푸른 잔디와 바로 옆에서 볼 수 있는 한강의 풍경이 결혼식장의 분위기를 한층 돋운다. 예식장 주변은 붉은 넝쿨장미로 휘감아 오른 울타리로 하여 불타는 듯하다.

울타리 밑에는 흰색, 붉은색, 노란색 여러 종류의 장미꽃이 한껏 치장을 하고 뽐낸다. 눈이 부시다. 모두 화려하기에 어느 꽃이 여왕인지 구별이 되지 않는다. 이 장미꽃 곁에서 나는 유년 시절 울타리 가에 피어있던 찔레꽃을 떠올린다.

오월이면 흰 꽃잎에 노란 술을 뽐내며 유별나게 향기를 내뿜던 찔레꽃. 둘러보아도 찔레꽃은 보이지 않는다. 혹여 흔적이라도 찾을 수 있을까 접목부분까지 다시 한 번 살펴보나 꿈일 뿐이다. "고려 때 몽골족에게 매년 처녀를 바치는 관례가 있었다. 그 중 찔레라는 처녀도 다른 처녀들과 함께 몽골에 끌려가, 그곳에서 살게 되었다. 주인은 마음씨 착한 찔레를 예뻐했다. 그러나 찔레는 고향의 부모님과 형제들을 잊지 못해 눈물로 세월을 보내니, 이를 가엾이 여긴 주인이 찔레를 고향으로 보내주었다. 10년 만에 고향집을 찾아 나선 찔레는 부모님과 동생들을 찾아 헤매다가 고향집 근처에서 죽고 말았다. 그 뒤 그녀가 헤매던 골짜기마다, 개울가마다, 그녀의 마음은 흰 꽃이 되고 향기가 되어 꽃으로 피어났다는 전설이 있다." 지금은 장미에 밀려 예전처럼 환영받지 못하는 꽃. 같은 장미과인데, 겉모습 때문일까? 어느 꽃보다 향기롭다는 걸 지금 사람들은 모르는 것일 게다.

2.

덕수궁으로 왔다. 혹여 이곳에서 찔레꽃을 볼 수 있을까 하는 바람으로. 궁중음악이 흐르는 뜨락엔 초록이 한창이다. 걷는 사람 의자에 앉아 차를 마시는 사람, 모두 여유로워 보인다. 녹색은 나무들의 아름다움을 두 배로 부풀려준다. 소나무 은행나무 느티나무 향나무 그리고 또 이름을 알 수 없는 많은 나무들이 오월의 햇살아래 행복해 보인다. 여기서도 찔레는 보이지 않는다. 앞뜰과 후미진 뒤란까지 돌아보며 찾았으나 아무 곳에도 없다. 아쉬운 마음만 뜨락에 남긴다. 찔레는 궁궐의 정원보다 들녘에 더 어울리는 꽃.

3.

한강 야외결혼식장에서도 덕수궁에서도 찾을 수 없는 찔레꽃을 눈을 감고 생각한다. 유년시절 초가 울타리엔 오래된 찔레나무가 있었다. 오월이면 향긋한 꽃냄새가 집안 곳곳을 채우고, 나비와 벌의 축제가 벌어졌다. 꽃잎이 질 때 울타리에는 흰 눈이 내린 것 같았다. 어려웠던 그 시절 찔레순은 좋은 먹을거리였다. 통통하게 살이 오른 찔레순을 발견했을 때의 기쁨. 껍질을 벗겨 입에 넣었을 때의 그 느낌. 달지도 쓰지도 않고 쌉싸름하면서 싱그러웠던 그 맛. 가끔은 찔레덤풀 속에서 똬리를 튼 뱀을 보고 놀라기도 했지만, 사십여 년이 흐른 지금도 잊히지 않는다.

어스름이 내리는 저녁, 사립문에 서서 찔레꽃을 바라보던 엄마의 얼굴은 슬퍼 보였다. 자주 집을 비우는 아버지 때문이란 걸 좀 자란 뒤에야 알았다. 긴 머리를 틀어 올리고 적삼과 치마에 앞치마를 두른 엄마. 웃는 얼굴이 고왔던 엄마. 그 모습이 지금 생각하니, 찔레꽃과 같았던 것 같다. 지는 꽃잎을 무슨 생각을 하며 보고 계셨을까. 찔레만 생각하면 나는 가슴이 시리다. 기다림 속에서 사셨던 엄마 생각 때문인지 모른다. 흘러가는 세월 속에 그때의 울타리도 없어지고 찔레꽃도 없어졌다.

오월이면 눈 내리듯 지던 꽃잎들. 향기롭던 냄새. 다시 돌아갈 수 없는 유년 시절의 냄새. 슬픈 듯 미소 짓던 엄마의 얼굴을 찔레꽃이 떠올려준다. 엄마! 내 나이도 잊어버리고 입 속으로 가만히 불러본다.

촘촘히 오른 가시에 머리 묻고
흰빛으로 피어나는 찔레야
적삼에 옥양목 앞치마 두른
어머니 모습
흰빛 아낌없이 흩어질 때
오월이 다 가는 구나

들꽃 꺾어주던 소년

따르릉!

밤 깊은 시간에 전화벨 소리다. 불안한 마음으로 전화를 받았
다. 뜻밖의 S의 전화였다. S는 어릴 적부터의 친구다. "왜 무슨
일이 있어?" 다급히 묻는 내 말에 들뜬 목소리로 좋은 소식이 있
다면서 내일 만나자고 했다.

다음날. 무슨 일인가 묻는 나에게, B의 소식을 알았다고 목소리
를 높여 말한다.

B는 여고시절 친구 이름이다. 삼십 년도 훨씬 넘게 잊고 지내던
B의 이름을 S가 기억하고 있다니, 의아한 눈으로 S를 바라본다.
기억이 잘 나지 않는데 네가 어찌 기억하느냐 물었더니 겸연쩍게
웃는다.

S는 여고시절에 짝사랑한 남학생이 있었는데, 말도 한번 붙여 보지 못 했다고 한다. 그 학생이 누구였는지 묻는 나에게 주저하지 않고 B라고 말한다. 잘못 들은 게 아닌가 하고 S를 바라본다. "그 남학생이 너희 집 울타리 곁에 가끔 서 있는 걸 봤어" 하며 그때부터 혼자 좋아하게 되었다나. 너무나도 뜻밖의 이야기에 나는 그만 웃음부터 터트리고 만다. 그 오랜 세월 동안 이 한마디를 하고 싶어서 어찌 참았을까. 아! 그래서 B의 소식을 전해주는 목소리가 그리도 들떠 있었구나. 다시 한 번 S를 바라본다.

"옛말에 열 길 물속은 알아도 한 길 사람 속은 모른다고 했다더니…."

B는 내가 신문을 돌리던 여고 1학년 때 구독자로 만났다. 매일 새벽 대문에서 기다렸다가 신문을 받아 가는 남학생이 그였다. 비가 억수같이 쏟아지던 어느 여름날 새벽 우산을 받쳐주었다. 그 뒤 자연스럽게 B와 나는 친구가 되었다. 가끔 토요일 수업이 끝나면 B와 함께 시내버스를 탔다. 종점에서 내려 되돌아오곤 했는데, 다리 아픈 줄도 시간 가는 줄도 몰랐다. 들꽃도 한 아름씩 꺾어 안겨주던 B. 1미터쯤 떨어져 걸으면서도 무어가 그리 재미있었는지. 그러나 그때 나누던 이야기들은 기억나지 않는다. 아마 세월 탓이리라.

어느 날, 남루한 초가 울타리 옆에서 나를 기다리던 B. 그런

B를 보는 순간, 소리 나지 않는 총이 있다면 쏘아버리고 싶었다. 들키고 싶지 않은 나의 이야기를 B는 얼마나 알고 있었을까. 그때의 부끄러웠던 내 마음과 내 모습. 지울 수 있는 지우개가 있다면 지금이라도 그 순간의 기억을 지우고 싶다.

그런데 그런 B의 뒷모습을 훔쳐보는 여학생이 또 있었다니, 그리고 그것도 나와 가장 친했던 S가 바로 그였다니, 드라마로 나오는 이야기가 허구만은 아니구나싶다.

S는 한참 내게 이야기하다 "B가 너를 찾는다고 하는데 만나보지 않을래?" 하고 묻는다.

"아니."

이렇게 대답은 하면서도, 얼마나 변했는지 한번쯤 보고 싶은 마음이 없지는 않다. B와는 고교졸업한 뒤 한 번도 만나지 못했다. 어쩌면 B도 나처럼 잔주름이 두어 개쯤 그어져 있을 것이고 흰머리가락도 하나씩 늘고 있겠지. 아니면 벌써 대머리아저씨로 변해 있을까. 지금 만나면 기분이 어떨까! 아니 그냥 까까머리 소년으로 기억하는 것이 훨씬 더 아름다울 거야.

내가 이런 생각을 하는 동안, S는 무슨 말을 할 듯 말 듯 망설이더니

"너 그때 B 정말 좋아했니?" 하고 다시 묻는다.

"아니 그냥 친구였지." 라고 쉽게 대답해버리니

"그럼 이제라도 B 나 줄래?" 한다.

"그래 가져." 그렇게 말하고 돌아서니 서운한 마음이 드는 건 왜일까?

겉으로 아니라고 말하면서도 속으론 B를 좋아했었나? 그런데, 농담이긴 하지만 S나 나나 이 나이에 B를 달라고 한들 어쩔 것이며, 준다고 한들 어쩔 것인가. 설령 가져간다 한들 어쩔 것인가? 다시 한 번 내 나이를 생각하며 하늘을 보고 뜻 모를 미소를 짓는다.

5

세월의 두께

물결치는 산자락의 낙조
아! 멀미
꽃 멀미
아득히 펼쳐진 비단 폭
흐르는 물도 분홍빛
능선 따라 머무는 붉은빛
황홀한 떨림
설레는 침몰
　　　　　- 본문 중에서

아들이 두고 간 통장

남산에 왔다.

벚나무 밑 의자에 앉아서, 지난달 이곳에 함께 왔던 작은아들을 생각한다. 그날은 흐드러지게 핀 벚꽃이 눈처럼 내리고 있었다. 살랑바람 한 줌에도 포물선을 그리며 떨어지던 꽃잎. 그 위에 겹쳐 얹히던 꽃잎. 지금은 꽃이 진 자리에 초록이 자리를 차지하고 있다. 아들과 함께 걸었던 산길과 전망대를 혼자서 걸어본다. 어디선가 '엄마' 하는 소리가 들리는 것 같아 돌아서서 두리번거리기도 한다.

두어 달 전부터 달력에 입대하는 날을 동그라미로 표해 놓고 "있을 때 잘해 주세요"라는 말을 노래처럼 부르던 아들. 그 아들이 입대하는 날이었다. 아들과 함께 논산에 도착하니 사람들로

붐볐다. 입대하는 신병 한 명에 따라온 가족, 친구가 여러 명이나
되니, 길이 막힐 수밖에. 모집장소에서 팔에 완장을 두른 장교가
동생처럼 아들처럼 잘 보살피겠으니 걱정 말고 가시라고 했다.
그러나 왜 걱정이 되지 않겠는가. 장교의 말이 끝나자 신병들은
줄을 지어 건물 안으로 들어가기 시작했다. 아들의 머리끝이라도
한 번 더 볼까 하고 까치발을 하고서 두 눈 크게 뜨고 두리번거렸
다. 아들은 동료들 틈에 끼어 사라져갔다. 갑자기 눈앞이 흐려져
아들의 모습도, 다른 젊은이의 모습도 안개속인 듯 알아보기 힘들
어졌다.

　집으로 돌아 온 나는 아들의 방에 들어가 벗어놓고 간 옷들을
만져봤다. 물건들은 다 제자리에 있었다. 아들의 사진이라도 볼
까하고 책상서랍을 열어 보니, 서랍 속에는 웬 저금통장과 뜯지
않은 편지가 있었다.

　"키워주셔서 감사합니다. 제대하여 돌아올 때까지 건강하세요.
그리고 통장에 백만 원을 저금하여 놓았으니 엄마도 좋은 옷 한
벌 사 입으세요."라고 적혀 있었다.

　무언가 목젖을 타고 올라왔다. 군대에 가기 전, 학교에 가지
않은 날은 인력 사무실에 나가서 일을 했었다. 일이 끝나고 돌아
온 저녁이면 무척 힘들어하기에 그만 두라고 여러 번 말렸었다.
만져보면 여자아이 같이 부드러웠던 손, 그 손으로 그 돈을 채우

기에 얼마나 힘들었을까. 좋은 옷 입은 엄마를 꼭 보고 싶었나보다. 아들의 편지는 끝내 나를 울리고 말았다.

아들이 스무 살이 되도록 이름 있는 상표의 옷도 신발도 그리고 가방도 사준 적이 없다. 그래도 투정 한번 부리지 않고 자라는 아들이 기특하다고만 생각했는데, 어느새 이렇게 철까지 들었다니.

전에는 그리도 빨리 지나가던 시간이 멈춰진 듯 느껴졌다. 아침에 일어나면 달력보고 날짜 세어보는 것으로 하루가 시작되었다. 왜 그리 시간이 더디 가는지, 언제 백 일이 되려는지. 아들을 군대에 보낸 뒤 달력에 빗금치는 것으로 마음을 달랬다는 글을 읽은 적이 있다. 그 글이 이제사 가슴에 와 닿는다.

가끔 두고 간 통장을 펴 본다. 아들의 마음이 담긴 귀한 것이기에 아들이 제대할 때까지 옷을 사 입지는 못할 것 같다. 아들을 위해 소중하게 쓰고 싶다.

군에 가기 직전, 어미에게 인심 쓰듯 따라 와 주었던 남산. 함께 벚꽃을 바라보던 이 의자에 앉아 아들이 두고 간 통장을 다시 생각해 본다. 목이 메게 했던 아들에게 나는 무엇을 해줄까를 생각해본다. 제대하는 날을 계산해서 나도 아들이 모르는 다른 통장을 만들어 주면 어떨까. 군에 간 지 두 달, 앞으로 24개월이 남았다. 이 달부터 아들 몫으로 저금을 시작하리라. 재대하고 돌아오는 날 선물로 그 저금통장을 줘야겠다. 어미만큼은 못 하겠지만, 그 반 정도의 뭉클함을 아들에게 줄 수 있지 않을까.

마음이 갑자기 조급해져 의자에서 벌떡 일어선다.

첫사랑

1.

글방에서 만난 문우가 중환자실에 입원했다는 소식이다. 급히 달려 간 병실 앞에서 걱정과 슬픔에 싸인 그녀의 남편과 아들을 만난다. 오십이 넘은 나이에 젊은 날의 사랑 때문에 정신까지 놓아야 할 이유는 뭘까? 남은 가족은 어찌하라고.

언젠가 그녀가 내게 슬쩍 비쳤던 첫사랑 이야기를 떠올렸다. 결혼할 수 없기에 죽음으로 정리하려 했다던 그녀의 진한 사랑이 야기를……

이루지 못한 사랑 때문에 죽음을 택하려 했던 남녀가 중년의 나이에 우연히 글방에서 만나게 되었다. 서로 가정이 있고 신앙심이 깊은 그들의 만남은 기쁨보다 고통이었으리라. 목마른 나무가 비를 만난 듯 나날이 새로워지던 그녀를 보면서 나는 아무 말도 거들지 못했다. 우연으로 만나든 필연으로 만나든 슬프고 또 아름다워 보이는 것이 사랑이 아닐까. 하지만 나는 그녀의 감정을 이해할 수 없었다. 아니 이해하려고 하지 않았다.

2.

집에 돌아오는 버스 안에서 지나간 세월을 되짚어 본다. 아득한 세월의 뒤란에서 햇볕에 반짝이는 사금파리 같은 한 조각의 파편을 줍는다.

중학교 1학년 때의 일이다. 산자락에 있는 집에 가려면 산허리를 휘어감은 오솔길을 걸어야 했다. 그 길은 나뭇짐을 지고 내려오는 길도 되고 시내로 나가는 지름길이기도 했다. 나리꽃, 진달래, 산딸기, 들국화, 여기저기 덩굴진 새까만 머루, 아그배, 파리똥나무, 버찌…. 가끔은 집에 가는 것도 잊어버리고 숲길에서 놀다 부모님께 꾸중을 들은 적도 많았다. 어느 곳에 산딸기가 많고 쥐똥나무가 있으며 머루는 어느 곳에 있는지 나는 다 알고 있다.

6월 어느 날, 그 날도 산딸기를 딸까 하고 산으로 오르려는데, 뒤에서 발소리가 들렸다. 돌아보니 같은 학교(남녀공학) 2학년 남학생이었다. 서로 말은 나누지 않았지만 한 동네에 사니 얼굴을 먼발치에서 본 적이 있다. 그 아이는 잠시 머뭇거리더니 내 가슴에 꽂힌 배지를 보며 아는 척을 했다. "1학년이구나." 그 아이와 함께 걷게 되었고, 며칠 전에 치렀던 시험이야기를 나누게 되었다. 국어는 어떻고 수학은 어떻고. 당황한 나는 그 아이가 묻는 대로 대답했다. 그러자 그 아이는 씩 웃었다. 부끄러움에 내 볼은 달아올랐다. 몇 가구 안 되는 마을이기에 그 아이가 공부 잘 한다는 걸 알기에 나도 자랑삼아 말했던 것 같다. 집에 와 생각하니 점수를 일러 준 건 아무래도 잘못된 일인 것 같다. 정말 후회스러웠다.

어느 날 아버지가 안방으로 부르셨다. 무슨 일인지 궁금해 하는 내게 어머니는 빙긋이 웃기만 하셨다. 아버지는 여자란 어려서부터 행동이 반듯해야 한다고 하며, 혹여 남학생이 말을 걸어와도 대꾸하면 안 된다고 당부하듯 말하셨다. 나중에 들은 얘기로 그 아이가 아버지를 찾아왔었다. 나를 동생같이 생각하면 안 되겠느냐고 말을 했다가 그 말이 끝나기도 전 방바닥에 놓여 있던 목침이 먼저 그 아이를 향해 날아갔다고 하며, 다행히 맞지 않고 스쳤다고 했다.

'한 학년 높다고 자기가 무슨 오빠!' 그렇게 중얼거렸다. 괜히 심통이 난 나는 마당에 있는 대야를 발로 걷어찼다. 그 뒤 학교에서나 교회에서 먼빛으로만 그 아이를 보았다. 얼마 뒤 그 아이는 남고로, 나는 여고로 가게 되었다.

고 2학년 수학여행을 가는 열차에서 그 아이를 만났다. 서로 눈이 마주쳤을 때 놀랐지만 시침을 떼고 모른 척했다. 기차가 역에서 정차할 때마다 그 아이는 우리 학교 학생들이 타고 있는 열차 객실 밖에서 육사생도가 걷는 일자걸음으로 왔다갔다 했다. 그런 아이를 열차 창문 밖으로 몰래 훔쳐보며 얼굴을 붉혔다.

목적지인 구례 화엄사에 도착했다. 자유시간이면 혹여 그 아이를 만날 수 있을까 경내를 서성거려 보았지만 만나지 못했다. 그렇게 그 아이와의 이야기는 세월의 뒤로 묻혔다.

그 뒤 30여 년의 흐른 어느 날 오랜만에 중학교 동창모임에 갔다가 그 아이 소식을 듣는다. 공부도 잘 했지만 학생 수도 적었기에 대부분 그 아이 이름을 기억하고 있다. 왁자하게 중학교 때 이야기로 한바탕 웃음보따리를 풀던 중 한 아이가 그 아이 이름을 말하면서 자기 고등학교 동창과 결혼했다고 말한다. 어떻게 생겼을까? 호기심이 난 나는 친구에게 물었다. "예쁘니?" 날 한참 바라보던 친구는 씩 웃으며

"나 따라 가지 않을래."

"왜?"

"오늘 그 친구를 만나기로 했어."

친구와 어깨를 안을 듯 반갑게 손을 잡는 그녀를 바라보던 나는 그만 실소(失笑) 하고 만다. 작은 키에 둥근 얼굴, 날 닮은 여인이 내 쪽으로 고개를 돌린다.

연잎 축제

　전남 무안 회산백련지 연꽃축제의 광고를 본다. 연꽃이 가득한 사진이 신문 한 쪽을 장식한다. 그 연꽃을 보러 카메라 하나만 들고 집을 나선다.

　무안 방죽에 도착한다. 백련을 볼 수 있다는 설렘으로 서둘러 차에서 내린다. 녹색으로 뒤덮인 방죽이 눈에 들어오고, 방죽 가운데 긴 다리가 보인다. 이름이 백련교다. 백련이 피는 방죽이기에 그렇게 지었나 보다.

　방죽에는 백련은커녕 홍련 한 송이도 보이지 않는다. 이미 꽃은 다 지고 연실만 고개를 들고 있다. 친구끼리, 가족끼리, 함께 한 사람들 속에 나는 잠시 외로워진다. 어쩌면 이 외로움은 내가 누릴 수 있는 행복의 하나일지도 모른다. "연꽃 한 송이 보이지 않는 연꽃축제, 차라리 연잎축제라고 하는 게 더 어울릴 것 같다." 화를 낸들 어찌할 건가. 이미 와 버렸는데.

커다란 우산을 펼친 듯 물위를 수놓은 연잎. 그 위에 물결이 치고 물방울이 고인다. 바람이 불자 연잎은 연못을 흔든다.

가을이 오면 연뿌리를 캐는데 무안군 수입으로 적지 않은 돈이 된다고 한다. 연잎으로 담근 연엽주와 연향 차는 술과 차로 각광을 받으며 다른 곳에서는 볼 수 없다는 주장이다.

아침에 화려한 꽃잎을 살짝 열었다가 대낮에는 슬며시 얼굴을 가린다는 연꽃. 꽃말은 순결 청순한 마음이며 중생을 구원한 석가모니를 상징하는 꽃이다. 사월 초파일이면 절에서 행하는 연등행렬, 방생할 때 강에 띄우는 작은 연꽃, 심청이가 용궁에서 타고 나왔다는 연꽃. 그밖에도 연꽃에 관한 이야기는 많다. 이런저런 연꽃에 얽힌 이야기들을 생각하며 다리 난간에 기대어 꽃 대신 연잎을 여러 장 찍는다.

내 고향 전주. 덕진공원 연못에는 여름이면 연꽃이 수없이 피어났다. 연꽃은 연못 한 쪽을 붉게 물들였다. 교복을 입은 우리는 연꽃이 필 때면 그곳에 자주 갔다. 세 명이 겨우 앉을 수 있는 보트를 타고 노를 저으며 바라봤던 꽃은 싱그러움 그 자체였다. 뱃전에 앉아 손도 담그고 꽃도 만져보며, 뿌리부터 연실까지 하나도 버릴 것 없는 연을 이야기했다, 우리도 연꽃 같은 삶을 살자고 손가락을 걸기도 했다. 보트가 연잎에 걸려 옷이 흠뻑 젖었다. 우리들의 웃음소리가 연잎 위에 은방울로 굴렀다. 오월오일 단오, 이곳에서 머리 감는 여인들의 모습도 꽃인 듯 보였다.

방죽가를 걸으면서 눈에 보이지 않는 연꽃을 생각한다. 아직 흰 연꽃은 본 적이 없다. 그러나 백련이 피는 방죽이라 하니 피어 있는 백련을 상상한다. 푸른 잎 위에 하얀 꽃, 상상만으로도 행복해진다.

꽃을 볼 수 없다고 사람들은 음식점으로 들어가 버린다.

한낮의 햇볕을 받은 연잎은 지치기도 하련만 건강하고 힘차 보인다. 연잎 사이사이로 보이는 연실. 옛적에는 연실 안에 든 열매를 맛있게 먹었는데, 요즘엔 장식용으로 쓰이고 약용으로도 쓰인다. 연잎은 다른 잎에서 볼 수 없는 기품이 있다. 나무 그늘 한 점 없는 방죽. 땡볕을 온 몸에 받으며 10만 평의 방죽을 돌다보니 내 얼굴은 홍련이 된다.

아쉽고 서운한 마음을 방죽에 남겨 두고 서울로 향한다. 차창 밖으로 보이는 들녘에선 벼들이 조금씩 고개를 내민다. 녹색과 연둣빛이 어우러진 들녘은 신비롭다. 불순물 하나 묻지 않은 순수라고 표현해야 할까. 서해안 고속도로를 따라 만들어진 간척지를 지난다. 비행기로 씨를 뿌린다는 끝이 보이지 않는 들녘. 어둠이

내리고 붉은 해가 수평선에서 들락날락한다. 언뜻 붉은 연꽃이
물위에 떴다 사라졌다 하는 듯 보인다.

오늘 백련을 만났다면 그 아름다움에 즐겼겠지만 꽃에 취하여
잎의 위대함을 알지 못했을 것이다. 연잎은 꽃을 피우기 위하여
온힘을 다하고, 꽃을 보낸 뒤 다시 연 뿌리를 살찌우기 위하여
노력하리라. 아이들을 정성 들여 키우며 살아가는 여인네들의 모
습을 연잎에서 본다.

덧칠

새천년을 이틀 앞둔 저녁 무렵 이층 계단에서 떨어졌다. 머리에 혹을 두 개 달고 응급실로 실려 갔다. 불행 중 다행인지 머리뼈에 는 이상이 없다고 한다.

새천년을 맞아 세상은 온통 들떠있는데 나의 얼굴에는 검푸른 상처가 깊게 생겼다. 속이 상했지만 어려운 일은 지난 99년이 다 가져갔다고 나름대로 생각해본다. 점점 아래로 이동하는 검푸른 상처는 눈으로 내려온다. 눈동자까지 빨갛게 충혈된 모습은 내가 봐도 무섭다. 물건을 팔러왔던 행상인들은 뒤도 돌아보지 않고 나간다. 아들은 그것을 보고 "엄마 저승사자도 엄마보다는 덜 무 섭게 생겼을 거야." 하며 배를 잡고 웃는다. 남편도 따라 웃으며 꼭 야만인 남편을 둔 여인 같다고 말한다. 눈이 정상이 될 때까지는 밖에 나가지 말라고 남편은 당부한다.

몇 해 전에 이혼한 친구가 있었다. 손끝이 얌전하고 알뜰하며 외모 또한 훌륭하여, 어른들의 눈으로 보나 동년배의 눈으로 보나 나무랄 데가 없었다. 친구의 남편은 평소에는 얌전하고 좋은 사람인데 술만 먹으면 아내를 구타했다. 병원에 입·퇴원을 거듭하며 얼굴에 멍 가실 날이 없었다. 결국 아이들을 그녀가 맡기로 하고 헤어졌다. 그 뒤, 친구의 얼굴은 깨끗해졌으며 오히려 편안해 보였다. 만약 결혼 전에 남편의 숨은 술버릇을 알았다면 이혼하여 혼자서 아이들과 함께 하는 불행은 없었을 것이다.

여러 날을 집에만 있자니 갑갑하다. 커버 마크를 얼굴에 바르고 덧바른 뒤 밖으로 나갔다. 나보기엔 괜찮아 보였는데 사람들은 딱하다는 눈으로 바라본다. 나는 애써 넘어져서 그리 되었다고 말해보지만 믿지 않고 "그게 아닌 것 같은데요." 한다.

사람 하나 바보 만들기 쉬운 것 같다. 여러 사람이 그리 믿으니 나 자신도 누구에게 맞지 않았나 하는 생각까지 들었다. 여러 사람이 그렇다고 밀어 붙이면 그렇게 믿게 되는 게 사람인 모양이다.

사람들의 겉모습과 속마음은 여러 형태로 보인다. 잘난 사람 못난 사람 지성과 덕을 함께 갖춘 사람, 오만한 사람, 자만이 가득한 사람 여러 모습이다. 겉모습과 내면의 세계는 얼마나 다를까.

얼마 전까지 몇 달을 신문과 방송에서 떠들썩했던 모피코트 사건은, 어느 부분이 진실된 이야기이며 어느 부분이 덧칠된 이야기인지 알 수가 없다. 국회의원 선거가 얼마 남지 않은 요즘 공천이니 낙선운동이니 정신이 없다. 그들의 덧칠된 부분과 벗겨진 부분은 어느 만큼일까. 높은 지위에 있는 사람들의 덧칠된 부분도, 어느 때 인가는 벗겨져 맨살을 드러낼 날도 있을 것이다.

가끔 가까운 사람의 덧칠된 부분을 엿보게 될 때 실망을 하게 될 때도 있다. 물론 나 자신도 덧칠된 부분이 없지는 않으리라.

어느 분이 쓴 글 중에 사람의 직업, 교양, 지식은 십 분이면 다 알 수 있다고 말한 사람이 있다.

오늘도 거울 앞에 앉아 얼굴에 생긴 검푸른 상처 위에, 알아보지 못하도록 커버마크를 열심히 바르고 덧바른다. 부족하기만 한 내 내면의 세계도 알아보지 못하는 색이 있다면 덧칠하고 싶다.

민들레를 닮은 여인

연기가 피어오른다.

한 뭉치의 연기가 한꺼번에 피어오르더니 천천히 사라져간다. 그 동안 참고 있던 눈물이 쏟아진다.

어린 시절 같은 동네에 사는 고모는 나를 예뻐해 주기도 했지만 때론 무서운 분이기도 했다. 살갑게 하다가도 잘못을 했을 땐 그냥 지나치지 않으셨다. 반듯하게 사는 고모를 친정인 우리 집에서는 물론 시댁에서조차 어려워했다.

내가 혼인을 하고 살림을 꾸리다 보니 고모의 일생에 궁금증이 일곤 했다. 우연한 기회에 고모께 물어 보았다. 고모는 어느 뉘에게도 말해 본 적이 없다면서 힘들었던 당신의 일생을 말하셨다.

고모가 15살이 넘자, 곱다는 소문이 퍼져 어떤 총각은 담 너머로 기웃거렸고, 어떤 총각은 돌멩이에 묶은 편지를 집안으로 던지기도 했다. 할머니는 고모를 집밖에 나가지 못하게 하셨다. 그런데 총각 하나가 고모와 혼인하지 못하면 죽겠다고 몇 날 몇 밤을 사립문 밖을 지키다, 자살 소동까지 피웠다. 총각의 부모는 하나뿐인 자식이라며 살려 달라고 애원했다. 결국 고모는 그 집으로 시집을 가게 되었다. 마음에 없는 혼인을 하게 된 고모는 가마 안에서 치마끈으로 목을 묶었다. 그러나 죽지 못하고 하루 만에 깨어나고 말았다.

고모는 26살 나이로 딸 둘에 아들 하나를 둔 청상이 되었다. 그러자 담을 넘어 오는 사내들이 있는가 하며 함께 살자는 사내들 때문에, 담 밖으로 끼얹는 오줌통을 들고 살아야 했다.

아이들 학비를 대느라 논밭을 팔기도 했다. 다행히 손재주가 좋았는지 바느질감이 끊이지 않고 들어와 먹고사는 문제는 해결되었다. 명절에는 여러 날 잠을 못 잔 적도 많았다하는 고모의 손바닥은 바늘자국인지, 인두에 덴 자국인지 검은 반점이 많았다. 일찍 떠난 고모부를 원망할 여유도 없이 아이들 키우기, 논일, 밭일 그리고 삯바느질에 힘들었다는 고모는 이순이 지난 나이인데도 고우셨다.

고모의 삼 남매는 사범학교를 졸업하고 교사가 되었다. 내 일남의 일 가리지 않고 챙기며 살던 고모. 그래서 주위의 존경을 받으며 사셨는지도 모르겠다.

　지난 봄 둑길을 걷다가 밝은 빛에 발길을 멈췄다. 돌 틈을 비집고 핀 노란 민들레꽃이었다. 어디에서 왔을까. 장마에 풀씨가 떠내려가다 돌 틈에 끼인 것일까. 아니면 예전부터 그 자리에 있었을까. 줄기는 연약한데 꽃빛깔은 다른 꽃보다 더 진하고 밝다. 안쓰러운 생각에 꽃잎을 만져봤다. 젊어 홀로 된 고모를 생각했다. 돌 틈에 끼어 크게 자라지도 못하고 매달리듯 피어있는 민들레꽃. 몇 안 되는 꽃송이를 피웠지만 그 모습만은 당당했다. 기름진 땅에 핀 꽃보다 더 반듯한 모습을 갖추어야 했으리라. 돌 틈에 끼어 매달리듯 자란 민들레 삶, 그것이 고모의 모습이었다.

　원하는 삶을 살아가는 사람도 있지만 그렇지 않은 사람도 많을 것이다. 요즘 혼인의 소중한 약속을 헌신짝 버리듯 버리는 이들이 얼마나 많은가. 좋아서 맺은 인연도 쉽게 포기하는데, 주어진 인연들을 소홀히 생각지 않고 굳건히 살아온 고모의 삶을 나는 존경한다.

　삼십 년 가까운 나의 혼인생활 중 '인형의 집' 로라를 부러워한 적이 없었다면 그건 내가 입밖에 내지 않은 거짓말이다. 이런 생각을 갖는다는 것만으로도 고모에 비하면 얼마나 사치스러운 이야긴가. 이제부터라도 나와 함께 해야 할 인연들을 정말 소중하게 생각하며 살아가야겠다.

한 줄기 연기로 떠나는 고모님. 가냘픈 어깨에 메고 있던 거름통, 비척거리던 모습. 옷감이 쌓인 재봉틀 앞에 지친 듯 앉아 있던 모습. 이런 저런 고모의 모습이 스쳐 지나간다.

"이젠 이승의 일은 잊어 버리셔요. 고모가 살아 온 세월은 힘들었지만 부끄럽지 않게 사셨잖아요. 아마 많은 사람이 오래도록 고모를 기억할 것입니다. 저 또한 누구보다 오래도록 고모를 기억할 겁니다. 편히 가셔요."

세월의 두께

아버지의 기일이다. 친정집으로 향하는 고속버스 안이다. 달려
왔다 물러나는 산과 들을 바라보며 가슴 벅차한다. 일 년에 서너
번 가는 친정길이라, 어젯밤엔 잠들지 못하고, 뒤치락거리다 날
이 밝았다.

아버지 묘 앞에 커피 한 잔을 따르고 절을 한다. '웬 커피' 하실
아버지께, 이젠 세상도 변하고 내 마음도 많이 달라졌다고 묘에
대고 중얼거린다.

초등학교 저학년 때 일이다. 새로 나온 비단이라며 고운색의
한복감을 아버지가 가져 왔을 때 행복해 하시던 어머니의 얼굴이
생각난다. 가끔 두 분이 극장에도 잘 가셨다. 나도 한두 번 따라
가 본 기억이 나는데 그때는 흑백 영화시절이었다. 말로는 항상

어머니를 사랑한다고 하시면서, 한두 여자도 아닌 많은 여인네에게 정을 주고 다니던 아버지를 이해할 수 없었다.

더 알 수 없는 것은 어머니다. 어쩌다 아버지 이야기가 나오면 주름진 얼굴이 환해지며 너희 아버지는 이러이러하였는데 하며 그리워하신다. 옛말에 "남편 앉은자리가 효자 자식보다 낫다."는 말이 있는데 그 말이 사실일까. 묘에 대고 가만히 물어본다. "아버지 그 쪽 세상은 어떠셔요. 그곳에도 아버지가 좋아하는 여인들이 많은가요?" 그러나 대답은 없다. 여자들은 다 같지 않으리라, 생각되기에 그리하셨을까. 나 편리한 대로 생각해 본다.

성경에 "여자를 보고 음욕을 품은 자마다 마음에 이미 간음하였느니라, 만일 네 오른 눈이 너로 실족케 하거든 빼어버리라."고 한 구절을 생각해 본다. 그렇다면 이 세상에 두 눈 달고 다닐 남자가 몇이나 될까 묻고 싶다. 마음으로 간음한 것이나, 마음 가는 대로 행동한 것이나 오십보백보가 아닐까. 설령 이해가 되지 않는다 해도 자식인데, 왜 살아 계실 때, 이해하지 못했을까. 옛 시조를 생각하며 가슴 아파한다.

어버이 살아신제 섬기기란 다하여라
지나간 후면 애닯다 어이하리
평생에 고쳐 못할 일 이뿐인가 하노라.

아버지 생전에 잘 해드리지 못한 일만 내 가슴에 뗏장처럼 얹힌다. 서둘러 산을 내려온다.

친정집으로 돌아오는 길, 옛 동네도 지나고, 아버지와 가끔 갔던 공원도 한 바퀴 돌아본다. 삼십 년이 지나고 오늘 다시 와보니 별로 변한 것 같지 않다. 활을 던지며 놀던 활터도, 가위 바위 보 하며 오르던 층층대도, 아카시나무 밑에 놓여 있던 의자도 그대로이고, 그 의자에 앉아 나누던 이야기가 내 귀에 들린다.

마을 뒷산에도 올라본다. 산봉우리가 일곱이라서 칠봉이라고 불렀다. 정상 바로 밑까지 찻길이 나 있으며, 길이 끝나는 곳에는 의자와 운동기구가 놓여있다. 사람들이 맨손체조도 하고, 철봉에 매달리기도 하고, 의자에 앉아 쉬기도 한다. 예전에는 오르기 힘든 산이었는데… 정말 많이 변했다.

언덕길을 올라 숲 속을 둘러본다. 봄이 오면 이 산에는 진달래꽃으로 뒤덮였다. 아버지는 두견주를 좋아하셨다. 봄이 되면 두견주를 담기 위해 엄마는 진달래꽃을 따러 다니셨다. 수건 쓴 엄마 얼굴이 진달래꽃처럼 붉었던 기억이 난다. 밖으로 나도는 남편의 마음을 잡아보려는 여인의 간절한 마음이 진달래꽃이 되어 바구니에 넘쳤다. 이러한 것이 지아비에 대한 사랑이려니 하면서도 엄마도 아버지도 이해할 수 없었다. 그래서 한 동안 저 세상에 계신 아버지를 그리워하는 것조차 힘들었다. 이제 세월의 두께가 깊어지면서 미움은 사라지고 그리움만 남는다.

　이해가 되지 않으면서도 아버지를 그리워하는 것도, 어렵고 힘들었지만 그 시절을 그리워하는 것도, 내 가슴의 깊이가 세월의 두께 만큼 깊어졌나보다. 아버지의 제사를 모시기 위해 형제들이 모여 있을 친정집으로 발걸음을 재촉한다.

분홍빛 여인

겨우내 움츠렸던 산이 잠에서 깨어 어린 새싹을 불러낸다. 여기
저기 꽃 잔치가 벌어지고 여인들의 옷차림이 화사하고 가벼워졌
다. 부천시가 주최하는 원미산 진달래축제가 한창이라는 소식이
다. 작년 그곳에 갔을 때 진달래는 이미 지고 난 뒤라, 꽃을 볼
수 없었던 것을 생각하며 서둘러 원미산*으로 향한다.

어린 시절 우리 집은 산자락 끝에 있었다. 사계절 시시때때로
산을 오르내리며 살았다. 따뜻한 햇볕이 내리쬐는 묘지 옆에서
소꿉놀이하다가 잠이 들기도 하고, 누렁이와 뛰어 다니다가 밥
때를 놓치기도 했다.

봄이 오면, 누렇게 누워있던 잔디도 푸른빛으로 살아나고 오랑
깨꽃이 언덕에 가득 피어났다. 사월이 되면 진달래꽃이 붉은 노을

처럼 산을 물들였다. 내 입술 또한 검은 자주빛으로 변했다. 가끔 어머니와 함께 진달래꽃을 따기 위해 산에 올랐다. 흰 수건을 머리에 쓰고 꽃을 따는 어머니의 양 볼이 진달래꽃처럼 붉어졌다.

어머니는 꽃으로 두견주를 담기도 하고 찹쌀을 빻아 화전을 붙여 주기도 하셨다. 솥뚜껑을 뒤집어 놓고 찹쌀반죽을 붙이는 그 옆에서 꽃잎을 반죽 위에 얹기도 하고, 급하게 집어먹다 떨어뜨리기도 했다.

어머니는 이제 구순에 가깝고 거동도 불편하시다. 올해도 봄이 오는 동산을 바라보시지만 산 주위의 집들은 다 아파트로 변하고 산만 덩그러니 남았다.

어느 해 봄 진달래꽃을 보시던 어머니는 뜬금없는 옛이야기를 하셨다.

"내가 16살 되던 해에 26살 노총각인 너희 아버지에게 시집을 왔다. 혼인 말이 오갈 때 시집을 가지 않겠노라며, 일주일 동안 밥을 먹지 않고 버텼지만 부모님의 뜻을 바꿀 수는 없었다."

눈이 부어서 눈이 감긴 듯 보이는 어머니의 흑백 결혼사진을 본 적이 있다. 결혼식 전날 너무 많이 울어 그리 되셨구나 싶다.

결혼 일 년 뒤 아버지는 징용으로 전쟁터로 떠나셨고, 떠나신 뒤에야 임신한 것을 아신 어머니는 딸을 낳았다. 동네에서 무섭기로 소문난 홀시어머니와 함께 살면서 울기도 많이 하셨다. 그렇게

기다린 지 어언 3년. 세계2차전쟁 막바지, 이 집 저 집 전쟁에
나간 젊은이들의 전사통지서와 유골이 도착해서 동네는 날마다
울음바다가 되었다. 그래도 아버지 소식은 없었다.

어느 봄날 두견주를 담기 위해 진달래꽃을 바구니 가득 따 가지
고 내려오다가 동네 총각을 만났다. 그는 사립문 밖에서 종종 서
성이거나 우물가에서 본 적이 있던 이였다. 그는 어머니의 팔을
잡으며 "당신 남편은 벌써 죽었소. 3년이나 소식이 없으니 나랑
만주로 도망 가서 삽시다." 붙들고 애원했다. 그의 팔을 간신히
뿌리친 어머니는 바구니를 팽개치고 도망쳐 왔다고 하셨다. 그
후 어찌 되었는지 물어 보았으나, 눈꺼풀이 내려와 작아진 눈이
더 작아지며 그때의 진달래 산을 떠올리는 듯했다. 그리고 싱겁게
'그뿐이야' 했지만 무슨 말을 더 하실 듯하다 다시 산 쪽으로 눈을
돌리셨다. 무슨 생각을 하셨을까. 진달래 피던 그 봄날을 잊지
못하시는 것일까.

전쟁이 끝난 뒤에도 돌아오지 않는 아버지, 이제는 다들 포기하
고 있을 즈음 시체와 다름없는 모습으로 돌아오셨다.

누구에게나 잊지 못할 추억 하나쯤은 가지고 살지 않을까. 팔순
어머니의 단 한 번의 분홍빛 로맨스를 상상해 보았다. 60년도 훨
씬 지난 그 일을 마음속에 담고 계시다니, 그 날은 늙으신 어머니
가 분홍빛 여인으로 보였다.

원미산에 들어선다. '2013년 13회 진달래축제'라는 현수막이 펄럭인다. 온 산이 붉다. 동산에는 온통 붉은빛이 부드럽게 불어오는 바람에 물결처럼 출렁인다. 나들이 나온 많은 사람들도 한 무리의 꽃이다. 저녁노을이 온 산을 물들인 듯 보인다. 곱다 고와! 눈이 부시다. 원미산은 겨우내 품은 열정을 꽃불로 발산하고 있었다. 곡선과 직선으로 이어진 나무계단을 천천히 오른다. 위를 보나 아래를 보나 옆을 바라봐도 붉은 비단자락은 끝없이 펼쳐있다.

물결치는 산자락의 낙조

아! 멀미

꽃 멀미

아득히 펼쳐진 비단 폭

흐르는 물도 분홍빛

능선 따라 머무는 붉은빛

황홀한 떨림

설레는 침몰

*원미산의 유래 : 부천벌(현 부천 신시가지)을 굽어 감싸는 듯한 정경이 어찌나 아름다웠던지 멀리서 바라본 산 풍경에 누구나 감탄했다. 도호부사가 산의 이름을 물었으나 아무도 대답하는 사람이 없자 부사가 그 즉시 산 이름을 '멀리 보이는 아름다운 산의 뜻인 원미산(遠美山)이라 지어 오늘날까지 원미산이라 칭하게 되었다고 한다.

뚝섬유원지에 흐르는 세월

한 주일에 한 번씩 뚝섬유원지역을 지난다. 갈 때는 시간에 쫓겨 강을 바라만 보고, 돌아 올 때는 이곳에서 가끔 내리기도 한다.

오늘은 눈에 보이지는 않지만 봄의 입김이 느껴지기에 이곳에 내린다. 강물 위에 부서지듯 내려앉는 햇살은 은빛이다. 마치 은어들이 강을 거슬러 오르는 듯 보인다. 다리 밑에는 비둘기들이 모여서 구구댄다. 한두 마리가 아니고 셀 수는 없어도 한 무리를 이룬다. 새 모이 서너 봉지이면 비둘기들과 한참을 놀 수 있다. 발밑에 뿌리면 발밑에서 날고, 공중에 뿌리면 공중에서 난다. 걸으면서 뿌리면 비둘기도 함께 걷는다. 공중에서, 땅에서, 내 발길 따라 움직이는 모습은 정말 볼 만하다.

강가에는 자전거를 타는 사람, 롤러 블레이드를 타는 사람, 달리는 사람, 걷는 사람들이 보인다. 그들 속에 나도 걷는 사람이 된다. 강가를 걷던 이들도, 광장에 서 있던 이들도 재미있다는 듯 바라본다. 이런 모습을 사진으로 찍는 이들도 눈에 띈다.

모이 주는 일이 끝나면 물가에 앉아 물 흐르는 소리를 듣고, 손을 물에 담그기도 하고, 물 냄새도 맡아본다. 어느새 내 몸도 물 따라 흐르는 것 같다. 강가에서 낚싯대 드리운 아저씨들, 고기 망에는 고기가 보이지 않는데 오랫동안 꼼짝도 않고 앉아있다. 고기가 아닌 놓친 세월을 낚고 있는지도 모르겠다. 의미 없이 보낸 세월을 낚을 수만 있다면 나도 저들과 같이 하고 싶어진다.

지난겨울, 귀가 얼 정도로 추운 날 비둘기들이 걱정되어 이곳에 내렸다. 바람은 소리 내어 울고 잿빛강물은 물주름을 크게 만들어 흔들어대고 있었다. 사람들이 달리고 걷던 둑길도 텅 비어 있다. 세찬 바람만 둑 위를 때리며 강 위로 날아오르고, 강가에 매어놓은 나룻배들은 서로 부딪치며 흔들렸다.

다리 밑에서 비둘기들이 웅크린 채 모여서 떨고 있다. 까칠해 보이는 날개와 비칠거리는 모습은 안쓰러웠다. 모이를 던져도 주둥이에다 가까이 대주어도 잘 쪼아 먹지도 못했다. 지난 가을에는 그렇게나 활기차게 앞뒤로 날아오르던 비둘기들이 움직이는 것조차 힘들어 하다니, 그 모습에 가슴이 아팠다. 이 추운 날 왜 어디로 가지도 않고 강둑에 몰려 있을까. 붉다 못해 거무죽죽하게 변해버린 발가락. 양말이라도 신겨줄 수 있다면 얼마나 좋을까. 그러나 마음뿐. 내가 할 수 있는 건 모이를 주는 일밖에 없었다.

강가를 다시 걷는다. 강가 한쪽에 버스식당이라는 팻말을 달고 낡은 버스 한 대가 서 있다. 문을 여니 나이든 뚱뚱한 아주머니가 무심히 바라본다. 둘러보니 탁자 네 개에 의자 몇 개가 전부다. 안주 없는 소주잔을 부딪치는 노인들. 나누고 있는 이야기는, 세월을 젊은 날로 되돌리고 있다. 나도 모르게 미소가 번졌다. 오백 원하는 종이 커피 잔을 놓고 미소 짓는 연인들의 모습도 보기 좋다. 계란 하나 '탁' 깨어 넣은 라면. 이곳 분위기는 꼭 타임머신을 타고 70년대로 돌아 간 것 같다.

수저와 젓가락이 멋대로 놓인 탁자 위에 라면가락은 점점 굵어져간다. 장소가 좁으니 옆 사람 이야기에 관심을 갖지 않아도 그들의 목소리가 들린다. 중년의 여인네들, 그리고 젊은 연인들도 찾지만, 주로 나이 든 남자분이 많이 찾아든다. 안주 없이 소주를 마시는 어른들을 보며 안주를 주문해 드린다고 말해 보지만 손사래를 친다. 주머니가 가벼운 이들이, 라면 한 그릇 시켜놓고 신세타령하는 이야기를 귀 너머로 듣는다. 사람 살아가는 냄새가 가득 담긴 버스식당이 왠지 낯설게 느껴지지 않는다.

강가를 다시 걷는다. 강가에 매놓은 커다란 배에 무슨 무슨 레

스토랑이라고 적혀있는 곳으로 들어간다. "선상 결혼식 접수도 받습니다"라는 현수막도 보인다. 유리창으로 꾸며진 실내는 이쪽에서나 저쪽에서나 강물을 볼 수 있다. 고급스런 커튼이 드리워진 창가에 세련된 옷차림의 남녀들이 행복한 표정으로 식사를 한다. 나도 의자에 앉아 강물을 본다. "누구 기다리십니까?" 도우미아가씨가 묻는다. "예" 하고 대답은 했지만 기다리는 사람은 없다. 햇살이 물위에 부서지며 만드는 은빛주름이 곱다. 편한 의자와 고급스러운 탁자. 매력적인 아가씨가 두드리는 피아노 선율이 실내에 가득 찬다. 벨만 누르면 달려오는 도우미들. 맛있는 음식. 몇 걸음 사이에서 빈부의 차이를 몸으로 느낀다.

그런데 이 편하고 고급스러운 곳에서 무언지 허전함이 느껴지는 것은 왜일까? 그것이 무얼까? 사람 사는 모습을 엿볼 수 없어서일까. 값비싼 음식을 먹으면서 식당차의 계란 하나 '탁' 깨 넣은 라면을 생각하다니, 나는 아마도 버스식당 체질인 모양이다. 몸이 즐거운 것과 마음이 즐거운 것은 따로인 것 같다. 하지만 살다보면 내 뜻과 상관없이 버스식당이 필요할 때도, 고급레스토랑이 필요할 때도 있지 않을까.

다음에 사람 살아가는 모습이 그리울 때 나는 버스식당을 다시 찾아오리라. 다시 와서 안주 없이 소주 마시는 어른들의 세상 살아가는 이야기를 들어 보리라.

꼭 한 번만 더 사보고

복권가게가 보인다. 그만 사야지 마음먹은 것도 여러 번이다. 그런데 또 살까 말까 망설이다가 안으로 들어서고 만다.

전화가 왔다. 교육원에서 함께 공부한 적이 있는 문우였다. 전날 밤 그녀에 대한 꿈을 꾸었다. 친하지도 않고 인사 정도 나누는 사이인데 왜 그녀의 꿈을 꾸었을까? 무슨 일일까? 그런데 그녀로부터 뜻밖의 전화를 받은 것이다. 망설이는 듯한 목소리로 목요일에 시간이 있느냐고 물었다. 딱히 정해진 일이 없기에 만나자고 했다. 약속된 장소에 도착하니 그녀 말고 네 명의 아줌마들이 기다리고 있었다. 그곳은 5호선 개롱역이었다.

그들을 따라 간 곳은 '루디아의 잡'이라는 시각 장애인 양로원이다. 입구에 양로원이라는 간판은 붙어 있지만 방 3개짜리 연립주택이다. 그곳에는 할머니 열 명과 한 명의 직원 그리고 원장이 있었다. 원장도 시각장애인이다. 간단히 내 소개를 하고 그녀들이 하는 대로 할머니들의 발마사지를 시작했다. 이 팀 중에 한 명은 나와 함께 호스피스 교육을 받은 사람이다.

문우는 이곳에 오기 시작한 지 일 년이라 말하며, 남편을 따라 시골에 내려가야 하므로 자기 대신 나와 줄 것을 부탁했다. 집에서 2시간 가까이 차를 타야하는 거리이므로 너무나 멀다고 말했더니 서로 눈을 맞추며 그들은 이십 분은 더 타야 된다고 했다. 더 이상 아무 말도 하지 못했다. 그날부터 이곳에 드나들게 되었다. 2년 전 일이다.

마사지가 끝나면 식사시간이다. 제일 젊은 송 여사는 우리 팀의 팀장이다. 혼자서 17명이 먹을 음식을 이곳에 올 때마다 준비해온다. 회비만 내는 우리가 미안해 하면 자신이 즐거워하는 일이니 괜찮다고 말했다.

물 흐르는 소리가 들릴 듯 송 여사의 눈은 맑디 맑다. 그 눈을 바라보는 것만으로도 나는 기분이 좋다. 별명을 시냇물이라고 지어 불렀더니 매우 좋아했다. 내 눈은 어떤가 하고 거울에 비쳐보니 맑지 않았다. 힘든 일을 마다하지 않고 누군가를 돕는 그녀의 눈과 내 눈을 비교하려 하다니, 얼굴이 붉어진다.

앞을 못 보는 할머니들은 맨손으로 음식을 들었다. 우리들도 그렇게 했다. 처음엔 토할 것 같고 힘들었지만 시간이 지나자 견딜만 했다. 할머니들은 무엇이든 잘 드셨고 늘 기뻐하셨다. 슬픈 표정이나 괴로운 표정은 짓지 않고 노래도 부르고 춤을 추었다. 그 모습이 오히려 더 안타까웠다. 이들을 만날 때마다 나는 조금씩 아픔도 배우고 감사하는 마음도 배웠다.

KBS공채 2기 아나운서였다는 원장은 이십 대 중반에 급속한 시력 약화로 직장을 그만 두어야 했다. 좌절과 고통뿐이었는데 장애를 마음으로 받아들인 뒤 편해졌다고 했다.

원장은 연합세계선교회에 몸담은 지 십오 년에 한국 맹인단체의 책임자가 되었고 이 양로원을 운영한 지도 십오 년이 되었다고 했다. 실명 직후부터 기도해 온 소원이 있다는데, 그것은 많은 시각장애인이 불편 없이 편안하게 쉴 수 있는 양로원을 짓는 일이라 했다.

어느 독지가가 땅을 주어 설계와 허가를 마쳤건만 지을 돈이 없다고 했다. 공사비가 큰돈이라는데 그런 돈을 어떻게 마련할까? 시멘트 한 부대씩만이라도 도와달라는 편지를 다녀간 모든 이에게 전했고, 교회와 공공단체에도 부탁했건만 공사비는 턱없이 부족하다고 했다.

이들을 도와 드리고 싶지만 그러나 어떻게 도와 드릴까 생각해 봐도 답을 찾지 못하겠다.(생각다 못해 로또복권을 사기로 했다.

당첨되면 그때 가서 맘이 변해 버릴지도 모르겠지만…)

"미국에서 오십 억에 가까운 복권에 당첨된 사람 열 명의 말로를 조사해 본 결과 네 명은 알코올중독자, 세 명은 강간죄로 감옥에 들어가 있고, 세 명은 정신이상자가 되어 있다."는 글을 읽은 적이 있다. 그래도 사람들은 복권을 산다.

토요일 추첨시간을 놓쳤을 때는 아들에게 결과를 알아 봐 달라고 부탁한다. 만약 당첨되더라도 할머니들 것이니 욕심내면 안 된다고 말하면서. 아들은 "컴퓨터 하나만 바꿔 주시면 안 될까요?" 하며 웃는다. 그렇게 몇 달이 지나도 만 원짜리 한 장 당첨되지 않는다. "네가 컴퓨터 바꿔달라고 해서 당첨되지 않나 보다."고 아들에게 야단치듯 말하니, "그 많은 사람 중에 어떻게 당첨이 되겠어요. 한 달에 네 번씩 일 년이면 몇 번예요? 차라리 그 돈을 모아서 할머니들에게 갖다 드리셔요." 한다. 아들 말이 맞다.

이제는 복권을 사지 말아야지 또 다시 속으로 다짐해 본다. "아니야! 꼭 한 번만 더 사 보고, 아들 말대로 해야지." 내가 나에게 말한다.

꼭 한 번만 더 사보고…….

메꽃 한 무더기

들꽃이 흐드러지게 피어 있는 칠월의 공원묘지에 선다. 이곳에
는 오래 전에 돌아가신 아버님과 작은아버지의 묘소가 있는 곳이
다. 그리고 몇 달 전에 작은어머니의 유품을 태워드린 곳이기도
하다. 묘지의 앞뒤로 수없이 피어난 노란 꽃들이 자생식물원에
온 듯한 착각을 불러일으킨다.

집안 잔칫날이었다. 친지들과 동네사람들이 춤추고 노래하며
즐거워하는데, 작은어머니가 구석진 골방에서 울고 계셨다. 사람
들은 작은아버지 바람기 때문이라고 수군거렸다. 그날 잔치에서
작은아버지는 뵙지 못했다.

동네 어른들은 한복을 즐겨 입으시는 작은어머니의 뒷모습이
무척 곱다며 평양기생 같다고도 했다. 그러나 자주 집을 비우시는

작은아버지 때문에 늘 쓸쓸해 보였고, 결혼한 지 십년이 넘도록 슬하에 자식이 없었다.

그러던 어느 날 작은아버지는 탯줄도 제대로 떨어지지 않은 갓 난 여자아이를 안고 오셨다. 산골 주막에서 아이를 낳고 죽은 여 인이 있기에 장례를 치러주고, 아이를 맡을 사람이 없기에 안고 왔다고 했다. 동네 사람들은 시앗을 봐 얻은 아이라고 수군거렸으 나 작은어머니는 개의치 않았다. 그날부터 나오지도 않는 젖을 물리고 밥물 받아 먹이며 아이에게 정성을 다했다. 아이는 자주 아프기는 하였지만 잘 자라주었고, 그때부터 작은어머니 얼굴에 웃음꽃이 피기 시작했다.

딸이 고등학교에 다닐 때, 십 년 넘게 남처럼 살던 작은아버지 가 휠체어에 실려 오셨다. 작은어머니는 그런 남편을 말없이 받아 들였다. 거동이 자유롭지 못한 환자를 정성껏 돌보며, 어려운 가 운데 정성을 다해 키운 딸을 시집보냈다.

십 년을 넘게 누워 계시던 작은아버지는 세상을 떠나셨다. 결혼 한 딸은 미국으로 떠난 뒤라 작은어머니 홀로 친척들과 장례를 치르셨다. 혼자 남은 작은어머니가 너무 외로워보였다.

"강아지라도 한 마리 키우세요."라고 권하면

"나는 강아지보다 꽃이 좋단다."

작은어머니의 방안과 거실 그리고 베란다에는 많은 꽃들이 늘 피어 있었다. 특히 분홍꽃이 많았다.

여든이 넘으신 작은어머니는 자주 아프셨다. 병원에 입퇴원이 잦아지면서 정신도 흐려져 갔다. 자주 하지 않던 딸 이야기를 몇 달 전부터 자주 하셨다.

"내가 저를 어떻게 키웠는데······."

하며 먼 허공을 바라보는 눈에는 물기가 어려 있었다,

돌아가시기 얼마 전, 찾아뵈니 여느 때와 다르게 나를 무척 반기셨다. 평소에도 작은아버지 이야기를 자주 하셨지만 다른 날보다 더 오래하셨다. 내가 생각했던 것보다 작은아버지에 대한 원망이 더 깊었던 것 같다. 그리 원망이 깊다는 것은 그리움이 깊다는 뜻일 것이다. 만지면 묻어날 것 같은 외로움을 보는 것 같아 안타까운 마음을 안고 집으로 돌아왔다.

며칠 뒤 화장실 바닥에 쓰러진 작은어머니는 의식을 잃으셨다. 곧바로 수술을 하였지만 여전히 깨어나지 못하셨다. 여러 사람을 통해 딸에게 어렵사리 소식을 전했다. 그렇게 해서 찾아온 딸은 슬퍼하기보다는 의식 없는 어머니에게서, 산소 호흡기만 빼주지 않는다고 담당의사와 다툰 뒤 이튿날 미국으로 떠나버렸다.

그녀가 그렇게 떠난 뒤 나는 중환자실을 찾아가 잠자듯 누워계신 작은어머니의 손을 잡아드렸다. 그런데 작은어머니의 감은 눈에서 눈물 한 방울이 볼을 타고 흘러내리는 것이었다. 의식이 없는 중에도 눈물을 흘릴 수 있을까. 나는 참을 수 없는 슬픔에 병실을 나왔다. 마음을 추스르고 다시 들어가 보니 호흡이 고르지 않으셨다. 급히 간호사를 불렀지만 "어제와 같으세요."라는 대답뿐이었다. 이제는 가시려나? 하는 불안한 마음을 안고 집으로 돌아왔다. 다음날 운명하실 것 같으니 빨리 오라는 연락이 왔다. 작은어머니는 그렇게 돌아가셨다.

작은어머니 살아계실 때 "꼭 화장을 해 다오." 부탁하신 대로 가까운 친지 몇 분과 함께 화장을 해서 산에 뿌려드렸다. 장례기간 삼 일내내 비가 내렸다. 장례 마지막 날 딸 내외가 도착했다. 눈물 한 방울 보이지 않았지만 그래도 고마웠다.

작은어머니 사십구제였다. 생전에 친하시던 분과 함께 작은아버지 묘소 앞에 작은어머니 영정을 놓고 술을 따랐다. 영혼이 있다면 두 분이 이곳에서 만났으면 좋겠다는 나의 바람을 실었다. 만약 만나신다면 무슨 말씀을 나누실까? 살아계실 때 가끔 작은아버지 흉을 보셨는데 그것도 남편에 대한 그리움이고 사랑이었으리라. 상을 걷으며 영정을 바라보니 밝게 미소를 짓는 것 같았다. 가슴이 시렸다.

작은아버지 묘소가 보이는 빈터에서 작은어머니가 평소 즐겨 입던 연분홍 한복 한 벌과 영정을 태웠다. 활활 타오르는 불길 속에 하나하나 사라져가고 검은 재만 남았다. 그 자리에 재를 묻었다.

"편히 가셔요. 외로움 없는 세상에서 즐겁게 사셔요."

술을 뿌리는데 눈이 흐려졌다.

작은어머니 유품 태운 자리를 찾는데 무성해진 풀 때문에 쉽지 않다. 두리번거리는 내 눈에 메꽃이 들어온다. 노란 들꽃이 피어 있는 풀숲 한 쪽에 연분홍 메꽃. 아! 이곳이구나, 발걸음을 멈춘다. 생전에 좋아하시던 색 그리고 작은어머니 뒷모습처럼 고운 꽃. 노랑과 초록으로 온통 물들어있는 곳. 그 한쪽에 외롭게 피어 있는 메꽃 한 무더기가 작은어머니 모습으로 느껴지는 것은 무슨 까닭일까.

"작은어머니!" 하고 불러본다.

비 오는 날

비가 내린다.

아스팔트 위에 떨어지는 빗방울은 조그마한 파문을 남기며 사라진다. 빗소리에 거리로 나선 내 가슴에도 파문이 인다.

버스 안에서 밖을 내다본다. 시원하게 쏟아지는 장대비는 조금 전의 들뜬 마음을 갈아앉혀 준다. 갈 곳을 정하고 나온 것은 아니다. 그렇다고 무작정 달리는 버스 속에 앉아있을 수만은 없다. 목적지를 여의도 공원으로 정한다. 차에서 내리자 쏟아지는 비에 바짓자락이 금세 젖는다. 젖은바지를 무릎까지 걷어 올리고, 천천히 공원 안을 걷기 시작한다. 두어 명이 나처럼 빗속을 걷는다.

일 년 전 광장이 공원으로 바뀌면서 옮겨온 나무들이 부목을 대고 있다. 아직은 부축하지 않으면 혼자 힘으로 서 있을 수 없나

보다. 사람도 직업을 바꾸거나 이민을 가면 어느 정도 시간이 지나야 그 환경에 적응하듯이 나무도 얼마간의 시간이 필요한 것이다.

오솔길, 갈대 숲, 숲 속의 언덕, 산책로, 자전거 전용도로 그리고 연못 위에 뜬 수련도 장대비를 묵묵히 맞고 있다. 노란 나리꽃 무더기도 고개를 숙이고 비를 맞는다. 사람도 때에 따라서는 자기 주장을 굽힐 줄 알아야 한다고 알려주는 듯하다. 빗방울이 비어 있는 의자를 세차게 두드린다. 주인 없는 의자에는 약자나 강자나 나이든 이나 젊은이나 어느 누구에게나 앉을 수 있는 기회를 준다. 비어 있기에 많은 가능성을 보여준다.

집으로 돌아가기에는 아직 이른 시간이라 근처에 있는 여의도 샛강 생태공원으로 간다. 관리사무소에서 안내판을 본 뒤 샛강으로 내려간다.

야생화 군락지에는 방가지똥, 개소지장개비, 구들갓냉이, 큰곰계곡, 양서초, 지칭계, 석삼풀, 갈퀴양개비 푯말에 적혀있는 야생화 이름과 꽃들을 번갈아 본다. 꽃들은 하나같이 고개를 세운 채 비를 맞고 있다. 여의도 공원의 나리꽃은 고개를 숙이고 비를 피하고 있는데, 이 작은 꽃들은 고개를 든 채 비를 그대로 맞고 있다. 이 작은 꽃들은 무슨 생각을 하고 있을까. 욕심을 버리고 마음을 비우면 두려울 게 없다는 걸까.

샛길에 들어서니 물이 차 있다. 그냥 돌아갈까 하다 신발을 벗고 바지를 걷는다. 개구리 소리가 요란하다. 오랜만에 듣는 소리가 어린 시절에 들었던 청개구리 이야기를 떠오르게 한다.

비가 억수같이 쏟아지는데 연못에선 오리들이 헤엄치고 해오라기가 날아오른다. 연못 위로 나 있는 무지개다리로 간다. 물이 불어 다리가 잠길 듯 말 듯 한다. 나는 물위에 떠 있는 기분이다. 발을 물속에 넣고 흔들어 본다. 물의 감촉이 부드럽다. 흔드는 대로 물결이 둥글게 퍼진다.

다리를 건너 다시 걷는다. 비가 주춤거린다. 꽃 위에 나비가 앉아있다 인기척에 날아간다. 나비는 어디에서 비를 피했을까. 아이처럼 궁금하다. 버드나무 숲을 지난다. 버드나무는 한 종류만 있는 줄 알았는데, 버드나무, 능수버들, 갯버들 세 종류라고 푯말에 적혀 있다.

젊은이 서너 명이 샛강으로 내려오다 불어난 물에 놀라 도로 올라간다. 생태공원에는 나 혼자인 듯하나, 오리도, 해오라기도, 개구리도, 나비도 잠들지 않고 함께 있다. 비가 줄기차게 내려도 개구리소리 여전하고, 꽃들은 여전히 고개를 들고 나를 반겨준다.

다시 한 번 공원을 돌아 본 뒤 여의도 길로 올라선다.

비 오는 거리엔 가로등이 하나 둘 켜지기 시작하고, 빗방울은 여전히 아스팔트 위를 두드리고 있다.

한강 가에 핀 꽃

한강 가에 있는 자연학습장에 왔다.

꽃들이 비취빛 하늘 아래 강물과 어우러져 아름답다.

자로 잰 듯, 한 두둑씩 여러 종류의 꽃들이 심어져 있다. 주위에서 흔히 볼 수 없는 야생화인 부들, 붓꽃, 병주둥이, 앵초, 꽃잔디, 영춘화. 그리고 시골집 마당에서나 볼 수 있는 접시꽃, 봉숭아, 찔레 따위의 꽃들을 본다. 아직은 어리지만 사과, 배, 앵두, 살구 같은 유실수도 있고, 꽃밭 옆으로 채소밭도 보인다. 상추, 쑥갓, 오이, 토마토, 호박, 딸기 등 바구니에 담으면 식탁에 오를 수 있는 채소다.

의자에 앉아서 꽃들이 내뿜는 향기와 색채를 즐긴다. 노랑, 하양, 보라, 분홍 등 여러 색으로 색칠한 것 같다. 아기들을 데리고 온 젊은 엄마는 아기들을 꽃밭에 앉히고 사진 찍느라 옆 사람이 불러도 알아듣지 못한다. "여기 봐! 여기 봐! 웃어 봐! 걸어 봐!" 하며 웃는 모습이 영화 장면이다. 꽃에 취하고 아기들의 웃는 모습에 취하여 나는 시간 가는 줄 모른다. 젊은 엄마의 웃는 모습도 아기의 웃음도 다 예쁜 꽃으로 보인다.

한강 가, 자전거 전용도로에는 롤러블레이드를 타는 젊은이로 붐빈다. 남자와 여자가 한 팀이 되어 달리는 모습은 바라보는 나까지 신바람을 나게 한다. 서로 손을 잡고 걷다가 넘어지는 걸 보니 처음 타 보는 모양이다. 그들의 밝은 웃음이 하늘에 닿는다. 달리다 잠깐 둑 위에 앉아 강물을 바라보는 모습 또한 피어나는 꽃송이이다.

근처에 있는 야외 결혼식장으로 발길을 옮긴다. 붉은 넝쿨장미가 울타리를 타고 올라가 있다. 그림에서 본 듯한 장미 밭. 노랑, 하양, 빨강, 중간색이 서로 어우러져 아름답다. 이 자리에 흰 옷 입은 신부가 서 있는 상상만으로 기쁨을 느낀다. 고운 빛, 가슴 설레게 하는 향기, 장미를 오월의 여왕이라고 하는 이유를 알 것 같다. 잃어버린 젊은 날을 이곳의 분위기가 되살려준다.

　　붉은 빛, 여왕
　　핏빛으로 물든 꽃잎, 내 눈에

묻어나는 아픔

가슴이 벌써 노을에 젖었나

내 얼굴도 붉게 핀다

신랑 신부가 주례 앞에서 서약하는 자리로 간다. 신부 자리에
서서 옛 생각에 젖는다. '신부는 신랑을 사랑합니까?' 주례의 목소
리가 들리는 것 같다. 27년 전 내가 들고 있던 꽃다발은 무슨 꽃
이었을까. 생각은 나지 않지만 그때의 꽃도 화사했으리라.

결혼식장을 나와 강가를 걷다가, 방울처럼 맺힌 흰 꽃이 보이기
에 그곳으로 발길을 옮긴다. 클로버 꽃이다. 넓은 강변 한 쪽이
하얗다. 초록 초원에 흰 꽃 잔치다. 방울방울 맺힌 모습이 때 아닌
눈이 온 듯 넓은 한강 한 쪽이 눈부시다. 이 꽃 저 꽃 만지며 꽃봉
오리 사이를 돌아다닌다. 앉았다 엎드렸다 나 혼자 신이 난다.

여고시절 수업이 일찍 끝나는 토요일이면 멀리 떨어진 곳에 있
는 작은 규모의 비행장에 가끔 갔었다. 활주로 양옆 4킬로가 클로
버 밭. 무릎까지 자란 줄기에 아기 주먹만한 흰 꽃이 피어있었다.
꽃을 엮어서 머리에 쓰기도 하고 반지도 만들고 시계도 만들었다.
초록과 흰빛으로 빛나던 들판, 그때 함께 갔던 친구들 이름도 얼
굴도 기억은 나지 않지만, 방울방울 맺힌 꽃무리 그리고 향기가
어제일인 듯 선명하게 보인다.

남은 세월이 얼마 되지 않는다고 안타까워하며 지내기보다, 남은 시간을 꽃처럼 살 수는 없을까 생각한다. 바라보는 것만으로도 즐거워질 수 있는 사람. 누구에게나 기쁨을 선사하는 사람. 그런 사람으로 살 수 있다면…….

오늘 어쩌다 우연찮게 한강 가에 왔다. 자연 학습장에 앉아 나의 과거, 현재, 미래를 만난다. 이곳에서 나를 만날 수 있게 하여 준 꽃들에게 감사한다.

저녁노을이 땅 위에서 피어나는 꽃과 움직이는 꽃송이들 위에 비단 장막을 천천히 내리고 있다.

가을 속으로

공중에도 땅에도 노란 은행잎이 수북이 쌓인 사진. 이 사진 속 젊은이들의 웃음이 해맑다.

사진 속 풍치가 고와 그곳이 어디인지 찾아 나선다. 남이섬이다. 작은 여객선에서 내리니, 불타는 듯한 가을이 기다리고 있다. 가만히 서 있는데도 숲속으로 밀려들어가는 착각에 빠진다.

산책로를 따라 걷는다. 물기가 마르지 않은 잎과 갈색으로 변한 잎들을 본다. 비명도 지르지 못하는 수줍은 단풍. 비명을 지르는 갈색 잎. 차마 밟고 갈 수 없어 어찌할까 잠시 망설인다.

바람이 한차례 숲을 지나니 떨어지는 잎이 하늘을 덮는다. 조랑말이 마차를 끌고 단풍든 숲으로 들어간다. 그 뒤를 따라 움직이는 낙엽들은 영화의 한 장면 같다. 숲길의 잔디도 이름 모를 풀도 노란색으로 물든다. 청설모 한 마리가 나무 위를 오르내리며 금빛으로 물든 숲을 뛰어다닌다. 노란 은행잎 위에 발 비비는 까만 청설모. 안아주고 싶다.

소풍 온 아이들이 재잘대는 소리, 달리는 소리, 이런 소리에도 잎은 놀라서 떨어진다. 그 아래로 지나는 아이들 모습이 어우러져 한 폭의 가을동화를 그려낸다.

나의 몸에도 마음에도 노란 물이 든다. 시린 두 손을 노란 낙엽 속에 디밀어본다. 두 손에 묻어나는 노란색. 가슴속엔 노란 등불이 켜진다.

상수리나무 벗나무 느티나무로 터널을 이룬 붉은 숲을 걷는다. 길은 붉은 낙엽으로 덮여있고 아직 가지에 남아있는 잎은 불타고 있다. 붉은 나무 앞에서 사진 찍는 여인네들 얼굴에도 붉은 물이 들고, 그녀들을 바라보는 내 가슴에도 붉은 물이 번져온다.

화장품 광고 사진 촬영팀을 만난다. 낙엽 지는 나무 밑에서 찍고 또 찍는 사진. 또 하나의 가을 풍경이 된다.

강에는 모터보트가 물살을 가르며 곡예하듯 달리고, 그때마다 보트 위에서는 비명소리가 요란하다. 그 소리에 놀란 가을이 흔들리며 강물 위에 이파리를 떨어뜨린다.

모래밭을 걷는다. 부드러운 감촉. 푹푹 빠지는 신발. 걸어 온 발자국이 낙엽의 판화인 듯 보인다.

산책로에서 남이장군 묘를 만난다. 역모로 몰려 젊은 날에 생을 마친 장군. 안타까움과 함께 젊은 장군의 모습을 상상한다.

전해오는 이야기로는, 남이 장군 무덤이 이곳에 있던 것이 아니고 지금의 묏자리에 돌무더기만 있었다. 이 돌들을 남이 장군 돌무더기라고 불렀고, 이곳의 돌을 집으로 가져가면 집안에 좋지 않은 일이 생겼다. 1967년 경춘관광회사에서 이 섬을 사들여 돌무더기에 떼를 입혀 묘를 만들고 터를 닦아 오늘의 장군묘가 되었다고 안내문에 적혀있다. 후손들의 정성에 위로를 받았으면 한다. 무덤 위에도 낙엽이 무늬를 만든다.

늦은 오후 은빛 햇살이 나뭇가지 사이를 비집고 들어와 노란빛 붉은빛을 한층 더 빛나게 한다. 그리고 숲을 부드럽게 어루만지는 듯하다. 사람도 나이가 들면 너그럽고 부드러워진다고 하던데….

저녁놀이 붉은빛을 섬에다 풀어놓는다. 노을빛을 받으며 두 젊은이가 앉아있다. 내일이면 이들의 눈 속에 담긴 노을은 추억이 되리라.

아직 고운 색이 그대로 남아있는 단풍을 두 손 가득 주워 들고 물가에 앉는다. 한 잎 두 잎 물위에 띄운다. 낮은 바람이 강물에 비친 가을을 흔들고, 물위에 붉은 가을이 흐른다.

이렇게 고운 가을도 머지않아 떠날 것이다. 이별하기 위해 아름답게 치장하는 낙엽. 아마 떠날 것을 알고 준비하나보다. 사람들은 나무의 아픔은 보지 않고 아름다움만 구경하려고 한다.

　낙엽은 떠나면서 고운 색으로 물들고 해는 지면서 노을을 만든다. 사람도 언젠가는 떠난다. 낙엽과 노을을 닮으려면 어떻게 살아야 할까. 옷매무새를 가다듬고 일어선다.

그래도 세월은 흐르리라

1.

전철 출입구로 향하는 층층대를 오르는데 "어디 가우" 하는 말소리에 뒤를 돌아보았지만 아무도 없다.

언제부터인지 정확히는 알 수 없지만 전철로 오르는 층계 밑 귀퉁이에 할머니 한 분이 앉아 계셨다. 상추 두어 무더기, 땅콩 두어 되, 풋고추와 호박, 찐쌀 두어 되, 몇 가지 되지 않는 곡식과 채소를 바닥에 펼쳐놓고 층계를 오르내리는 행인들을 바라보고 계셨다.

손은 언제나 풀물로 새까맣게 물들어 있고 마디마디 옹이가 박힌 갈퀴 같은 손으로 채소를 다듬고 계셨다. 집으로 돌아가는 길에 가끔 이곳에서 채소를 샀다. 얼마 뒤부터 이곳을 지날 때면 가끔 나를 부르셨다. "찐쌀 맛나다 한 주먹 먹고 가." 하기도 하고 땅콩을 한 줌 집어주며 "주머니에 넣고 가면서 먹게." 하기도 하셨다. 추운 겨울에도 무더운 여름에도 눈이 오나 비가 오나 오뚜기 같이 앉아계셨다. 어느 날 할머니에게 "할머니, 이젠 집에서 쉬셔요. 연세도 있으신데 그러다가 병이라도 얻으시면 어떻게 해요." 내 걱정에, 집에 있으면 심심하고 여기저기 몸뚱이만 아프다고 하셨다. 간혹 가족들 이야기를 물어 보지만 "다 잘 살아" 하며 말끝을 흐리신다. 밝은 표정으로 나를 부르는 날은 장사가 잘 되었구나 짐작한다.

그런데 어느 날 그 자리가 텅 비어있다. 다음날에도 그 다음날에도, 궁금하고 걱정되어 주위사람에게 물어보았지만 다 모른다며 "돌아 가셨나" 하면서 하던 일들을 계속했다. 저렇게 무심할 수가…. 알 수 없는 허전함과 걱정스러운 생각에 맥이 빠졌다.

그 자리는 다른 사람이 앉고 어느 한 사람 그 할머니를 기억하는 이는 없는 것 같다. 그래도 세월은 변함없이 흐르리라.

2.
오랜만에 은계곡에 갔다.

계곡을 안고 아름드리나무들이 줄 지어 서 있어서 그 멋진 모습에 친구들과 환호했었는데 모두 베어지고 길만 휑하게 넓어져 있다. 예전에는 한 대의 차가 겨우 지나갔는데 지금은 두 대의 차가

교차된다. 사람들의 편리에 따라 변해가는 자연환경에 누구에겐지 모를 분노가 일어났다. 성모상이 있던 정원으로 달려가 보니 정원의 반이 달라져 있다. 출입문 쪽의 나무들은 베어지고, 무수한 자동차바퀴 자국으로 정원은 어수선했다.

들리는 소문에 이곳 땅값이 많이 올랐다고 하던데 이 정원도 무사하지 않구나. 성모상이 걱정되어 급히 가보니 개울가에 서 있던 성모상이 보이지 않고, 어설프게 받치고 있던 기둥과 지붕도 보이지 않았다. 성모상이 올려있던 바윗돌만 남아 있다. 그 자리에 주저앉아 주위를 둘러봤다. 개울을 안을 듯 서 있던 큰 나무들도 정원 가운데 버티고 서 있던 구세먹은 고목도 맑은 개울물도 그대로인데 성모상은 어디로 갔단 말이냐? 이곳에 올 때마다 기쁨으로 다가오던 모든 것들이 한 순간에 허허롭게 느껴졌다.

다음에는 무슨 기대를 가지고 이곳을 찾을까. 이 정원에 성모상이 있었던 걸 몇 사람이나 기억할까. 보이지 않는 성모상을 가슴에 담고 돌아섰다. 그래도 은계곡의 세월은 변함없이 흐르리라.

3.
시각장애인 할머니들과의 약속된 날이 가까워지면 잠을 설친다. 치아도 좋지 않고 몸을 잘 움직이지 않으니 소화도 잘 되지 않기 때문에, 부드러운 음식과 또 평소에 즐겨 드시지 못하는 음식을 준비해야지 하는 생각 때문이다. 마루에 나와 기다릴 할머니들을 생각하니 그곳에 갈 때는 늦지 않도록 서두르지 않을 수 없다.

목소리만 듣고도 이름을 알아맞히고 머리카락을 만져보고 누군지 알아내기도 하셨다. 몇 년 드나드는 동안 한 분 한 분의 성격과 건강도 알게 되었다. 몇 년 사이 몇 분의 할머니가 세상을 뜨고 두 분은 아직 병원에 계시다. 그 분들이 떠난 빈자리는 새로운 이가 그 자리를 대신하고, 떠난 이들의 이야기는 입에 담지 않았다.

떠난 할머니들이 앉아있던 자리도 즐겁게 춤을 추며 노래 부르던 모습도 가끔 다투던 모습도 내 눈에 선한다. 내 마음이 아프다한들 함께 생활하던 할머니들의 아픔과는 비교가 되지 않을 것이다. 하지만 떠난 이들을 가슴에 담고 아파한다고 무엇이 달라질 것인가. 가슴 안에 담고 산다고 해도 이곳의 세월은 변함없이 흐르리라.

생명이 있는 것이나 없는 것이나 언젠가는 세월 따라 그들이 있던 자리에서 떠나기 마련인 것을…. 그것이 세상의 이치임을 알지만 떠나는 모든 것들은 나에게 아픔으로 다가온다. 시간이 흐르면 책갈피에 눌러 놓은 꽃잎같이, 내 가슴 안에서도 떠난 이들은 조금씩 바래져갈 것이다. 나도 누군가의 가슴에서 언젠가는 그렇게 희미해져 가며 세월이 흐르리라.